D1355391

Nous remercions le ministère du Patrimoine canadien,
la SODEC et le Conseil des Arts du Canada
de l'aide accordée à notre programme de publication

Patrimoine   Canadian
canadien   Heritage

SODEC
Québec

LE CONSEIL DES ARTS   THE CANADA COUNCIL
DU CANADA   FOR THE ARTS
DEPUIS 1957   SINCE 1957

ainsi que le Gouvernement du Québec
– Programme de crédit d'impôt
pour l'édition de livres
– Gestion SODEC.

Logo de la collection :
Sv Bell

Illustration de la couverture :
William Hamiau

Photographie de l'auteur :
Bradfield

Couverture :
Conception Grafikar

Édition électronique :
Infographie DN

DANGER
LE
PHOTOCOPILLAGE
TUE LE LIVRE

Dépôt légal : 3ᵉ trimestre 2003
Bibliothèque nationale du Canada
Bibliothèque nationale du Québec

23456789 IML 09876543

STORINE, L'ORPHELINE DES ÉTOILES

VOLUME 2

Les marécages de l'âme

DU MÊME AUTEUR
AUX ÉDITIONS PIERRE TISSEYRE

Collection Chacal
Storine, l'orpheline des étoiles, volume 1 :
Le lion blanc, 2002.

Données de catalogage avant publication (Canada)

D'Anterny, Fredrick, 1967-

    Les marécages de l'âme

    (Collection Chacal ; 23)
    (Storine, l'orpheline des étoiles ; v. 2)
    Pour les jeunes de 12 ans et plus.

    ISBN 2-89051-854-X

    I. Titre   II. Collection   III. Collection : D'Anterny,
    Fredrick, 1967. Storine, l'orpheline des étoiles ; v. 2

PS8557.A576M37 2003   jC843'.54   C2003-941335-7
PS9557.A576M37 2003

STORINE, L'ORPHELINE DES ÉTOILES

VOLUME 2
Les marécages de l'âme

Fredrick D'Anterny

roman

**ÉDITIONS
PIERRE TISSEYRE**

5757, rue Cypihot, Saint-Laurent (Québec) H4S 1R3
Téléphone: (514) 334-2690 – Télécopieur: (514) 334-8395
Courriel: ed.tisseyre@erpi.com

Résumé du volume 1:
Le lion blanc

Dans la cité de Fendora, située sur la planète Ectaïr, personne n'aime Storine, enfant aux origines mystérieuses élevée avec les lions blancs. Quand un commandor de l'armée impériale l'arrache à son foyer d'accueil, sa petite vie tranquille est bouleversée.

Accompagnée de Griffo, son jeune lion blanc, Storine se retrouve à bord du *Grand Centaure*, vaisseau légendaire de Marsor le pirate, qui, soupçonnant l'identité secrète de l'enfant, l'adopte pour la soustraire à ceux qui la traquent. Homme sage et craint dans tout l'espace, Marsor initie Storine aux mystères du *Sakem,* le livre sacré, et aux prédictions du prophète Étyss Nostruss. Il en fait une guerrière accomplie.

Mais les impériaux pourchassent Marsor et les siens. Ils les rattrapent alors que la flotte pirate atteint le système stellaire indépendant de Phobia. Forcés de fuir, Storine et Griffo font route vers la planète Phobia à bord d'une nacelle d'éjection, au moment où l'armée impériale, qui a décidé de mettre un terme au trafic d'esclaves pratiqué par les princes Phobiens, leur déclare la guerre…

*Pour ma mère, Suzanne,
qui m'a mis sur le chemin
de l'écriture.*

« L'homme qui meurt en quête de savoir
vaut mieux que celui
qui vit satisfait de son ignorance. »

Le Livre de Vina

1

Les monstres

Planète Phobia, hémisphère Nord.

La nacelle d'éjection plongea dans la haute atmosphère, rebondit sur des nappes de nuages enflammés, puis s'écrasa contre une énorme cheminée de lave durcie par les siècles. Le choc obligea l'homme, le lion blanc et l'adolescente à cesser de se battre un instant, mais il n'eut aucun effet sur la fillette évanouie, enfermée contre son gré dans la soute à bagages.

En reprenant conscience, Storine grimaça de douleur. « On dirait qu'un troupeau de gronovores m'est passé sur le corps », songea-t-elle. Combien de temps s'était-il écoulé depuis qu'ils avaient fui le vaisseau de Marsor le pirate ? Soudain, un cri affreux l'éveilla en sursaut. Voyant que son jeune lion blanc n'était plus à ses côtés, Storine trouva la force de débloquer le panneau d'acier qui la retenait prisonnière.

« Griffo ! »

La première chose qu'elle aperçut à travers la coupole vitrée de la nacelle, ce furent les papillons géants ; leurs longs corps luisants, leurs ailes multicolores, leur danse mystérieuse au rythme d'une musique qu'ils étaient les seuls à entendre. Habituée à l'obscurité, Storine cligna des yeux. Les insectes envahissaient une partie de son champ de vision. Parfois, dans leurs vrilles folles, ils heurtaient la carlingue de l'appareil. Quand un papillon, plus hardi que les autres, s'écrasa tout près de son visage, elle comprit enfin la situation.

« Par les cornes du Grand Centaure ! » s'exclama-t-elle.

À travers la coupole de la nacelle se déployait un paysage apocalyptique de plaines arides ponctuées de cheminées et de cratères, avec, dans un ciel aveuglant, d'immenses langues de feu qui se répandaient sur des kilomètres à la ronde.

L'agrégat de vase séchée, percuté par la nacelle en s'écrasant, donnait l'impression de pouvoir s'effondrer à tout moment. De plus en plus menaçants, les papillons faisaient frémir leurs ailes. Storine crut que c'était ce bruit-là qu'elle avait entendu à son réveil.

Qu'étaient devenus Eldride, Griffo et Pharos, ses compagnons d'infortune ? Une sueur glacée colla ses mèches orange sur son front. Pour la deuxième fois, le cri atroce s'éleva…

« Pharos a dû me droguer. » Elle revit défiler dans sa tête les grands événements qui avaient marqué sa vie depuis qu'elle avait quitté Ectaïr, la planète des lions blancs : son arrivée à bord du *Grand Centaure,* le vaisseau de Marsor le pirate, en compagnie de Griffo ; le coral des femmes où elle avait été traitée comme une esclave ; Eldride, le souffre-douleur qui était devenu son amie ; le pacte des Braves au cours duquel Marsor avait fait d'elle sa fille adoptive ; sa vie heureuse à bord du navire pirate ; et puis, l'attaque surprise de l'armée impériale. Storine ne voulait pas abandonner son père. Mais Urba, le major-dome, l'avait suppliée de se mettre à l'abri. Son père, disait-il, en avait décidé ainsi. S'enfuir, abandonner la flotte pour se retrouver sur Paradius, leur repaire secret : tel était le plan.

C'est ensuite que Pharos, le maître pirate déshonoré, avait surgi. La fillette se rappela avoir reçu un coup sur la tête. Et Griffo… atteint d'une décharge électrique à bout portant !

« Il faut que je sorte d'ici. »

La première bouffée d'air extérieur lui arracha une quinte de toux. Il lui semblait que du feu entrait dans ses poumons. Elle tomba à genoux contre la nacelle. « On dit que l'air est empoisonné sur Phobia », se rappela-t-elle en se couvrant la bouche de sa main. Un vent poisseux lui collait sa tunique verte sur le corps. Essoufflée avant d'avoir fait le moindre mouvement (sans doute à cause de la pression atmosphérique), elle ne prêta pas attention aux papillons, deux fois plus longs qu'un bras d'homme, dont les vrilles majestueuses se rapprochaient.

— Tu es folle d'être sortie, Sto ! lui cria une voix qu'elle mit quelques secondes à reconnaître.

— Eldride ?

Tel un oiseau dégingandé, l'adolescente venait de surgir à ses côtés. Elle avait quinze ans, soit trois ans de plus que Storine. Revoir son amie était si réconfortant que la fillette la contempla, comme pour s'assurer qu'elle était bien réelle : ses longs cheveux blonds sales, ses yeux aux pupilles incandescentes, son visage à la peau si rose, si tendre, alors que sa mâchoire féline s'ouvrait sur deux rangées de petites dents coupantes comme des rasoirs, de sorte qu'elle donnait l'impression d'être toujours en colère contre quelque chose ou quelqu'un.

— Tes vêtements… Tu es blessée ?

— Pas le temps, répliqua Eldride.

Elle la poussa vers le sas ouvert de la nacelle.

— Tu sais piloter ! Alors, sors-nous de ce pétrin !

— Où sont Griffo et Pharos ?

— En enfer.

— Je ne partirai pas sans Griffo !

Elles s'affrontèrent du regard. Les yeux de Storine, si verts d'habitude, s'assombrirent jusqu'à devenir noirs.

— Pas sans Griffo, répéta avec obstination la fillette aux cheveux orange.

Un papillon aux ailes d'argent et de rubis, la frôlant dans sa vrille, laissa dans son sillage un bruit métallique assourdissant. Storine, qui s'était d'instinct recouvert la tête de ses bras, hurla de douleur. Inexplicablement, le tissu de sa manche grésillait comme s'il venait d'être aspergé d'acide.

— Du venin, expliqua Eldride en montrant à son amie plusieurs endroits où elle-même avait été brûlée.

Pour la troisième fois, le cri retentit, suivi d'un grondement de fauve.

— Pharos, expliqua Eldride.

— Griffo! ajouta Storine, les yeux brillants de joie.

Elle s'élança vers son jeune lion. À dix pas, attaqué par un essaim de papillons venimeux, Griffo tentait de se soustraire à leur vol meurtrier.

— Reviens! s'époumona Eldride en se glissant à l'abri, sous la coque de la nacelle.

Le sol visqueux rendait la course de Storine difficile. Prise en chasse par les monstres volants, la fillette sentit leur venin couler sur ses cheveux, sa nuque, ses bras. Soudain, elle trébucha. Aussitôt, une douzaine de papillons se mirent à tournoyer au-dessus de sa tête, lui cachant les colonnes de feu qui dansaient dans le ciel. Dans sa chute, son poignet heurta un objet long et froid. Surprise de trouver un sabre sous sa main, elle se mit d'instinct en position de combat. «Oublie ta douleur. Concentre-toi. Ne pense qu'au noble sabre. » C'était l'expression favorite de son père adoptif. Oui, tout oublier, même Griffo. Storine se revit à bord du *Grand Centaure* où Marsor lui avait enseigné le maniement du sabre. L'habitude de l'entraînement eut raison de sa peur.

Même s'il était un peu lourd pour elle, le sabre en duralium découpa l'air en sections égales. « L'harmonie, lui répétait son père. Tu dois être en harmonie avec ton sabre. Laisse ton esprit envahir la lame. » Les papillons commencèrent à s'écraser au sol. Insensible au venin qui lui brûlait les avant-bras, Storine se tailla un chemin jusqu'à Griffo. Écrasant la masse des papillons, déchirant leurs ailes de ses griffes, le jeune lion blanc rejoignit sa maîtresse, aussi joyeux que s'ils étaient encore dans les brousses d'Ectaïr.

Un éclair plus puissant que les autres zébra le ciel. Le sol trembla. Prise de terreur, la nuée de papillons se replia dans les terriers de lave durcie. Les bras douloureux d'avoir tant frappé, Storine ne put s'empêcher d'admirer la beauté irréelle de leur envol. Quand le sol cessa de gronder, il ne restait autour d'elle que des dizaines de cadavres de papillons. Privés de leurs ailes majestueuses, ceux-ci ressemblaient à de vulgaires serpents dont les gueules étaient cerclées de crocs. Par curiosité, la fillette regarda le point d'envol de la nuée… et se retint de vomir !

De Pharos, il ne subsistait que des vêtements carbonisés, quelques lambeaux de chair et une odeur putride qui s'échappait de ce qui restait de son corps en petits tourbillons de vapeur. Storine détourna les yeux. Mais il ne fallait pas. Cet homme les avait enlevées. C'était à cause de lui si elles se retrouvaient sur une planète aussi inhospitalière.

— Bienvenue sur Phobia, plaisanta Eldride en s'approchant de son amie, un flacon de cicatrisant à la main.

Au lieu de désinfecter ses plaies, elle lui lança le produit, puis elle alla retourner le cadavre du vieux pirate. Plongeant les mains dans un des sacs de toile que l'homme avait attachés à sa ceinture, elle s'exclama, en montrant à Storine deux poignées de lamelles d'argon pur :

— Je suis riche !

La fillette s'était agenouillée auprès de Griffo et pulvérisait le produit désinfectant sur son pelage blanc, aux endroits atteints par le venin.

— Doucement, mon bébé, doucement…

— Reste maintenant à faire décoller la nacelle et à nous tirer d'ici avant que ces sales bestioles ne reviennent. Écoute…

Des entrailles de la terre leur parvenait ce bruit aigu et métallique, si caractéristique des papillons venimeux.

— Que s'est-il passé ? demanda Storine en arrachant un à un les lambeaux noircis de sa tunique.

— Je t'expliquerai quand j'aurai mis ma fortune en sûreté. Allez, dépêche !

Griffo se mit à gronder. Storine sentit sous ses doigts les muscles tendus de son échine. Elle reprit le sabre de Pharos. Une douzaine d'hommes, vêtus de grossières combinaisons atmosphériques, apparurent en bordure du cratère. Sous le ciel enflammé, leurs silhouettes ressemblaient à des clowns inquiétants. Mais à leurs poings brillaient des armes effilées comme Storine n'en avait encore jamais vu.

— Cours ! entendit-elle.

Fauchée par un rayon aux reflets mauves, Eldride tomba face contre terre. Griffo poussa son rugissement de combat. Storine sentit qu'il concentrait sur ces inconnus la force télépathique de son glortex. Ces hommes allaient regretter de chercher des poux dans la tête d'un lion blanc ! Pourtant, au lieu de s'enfuir ou de se tirer les uns sur les autres, les soldats visèrent Griffo : un, deux, trois, une pluie de faisceaux mauves. Forcé de battre en retraite, le jeune fauve disparut entre les hautes cheminées de lave, en couinant de dépit.

Stupéfaite de constater l'impuissance du glortex de son lion, Storine resta un moment paralysée. Un des hommes s'approcha d'elle, dégaina un long poignard, puis, s'emparant du cadavre d'un papillon, il lui ouvrit le ventre d'un geste précis. Il en arracha un œuf gluant de la taille d'une orange, qu'il plaça dans un contenant métallique. Ses camarades firent de même, silencieusement, sous les langues de feu qui illuminaient le ciel…

⬛ ᛗᚦᚺᛕᛖᚲᚦᚴ ᚦᛏᚴᛃ ⬛

Au même moment, à quelques centaines de kilomètres de là, une petite navette de tourisme s'éjecta d'un amas de nuages ensanglantés. Prise de tremblements, elle plongea dans un des cent mille marécages de l'âme que comptait la planète Phobia. L'impact de l'engin sur les vagues ocre et brunes produisit un gargouillis semblable à celui d'un gigantesque estomac. Sous l'effet du choc, la carlingue grinça furieusement. Le frêle oiseau de métal surnagea, comme hésitant, puis commença à s'enfoncer. Au moment précis où sa poupe allait disparaître, une écoutille s'ouvrit à bâbord et une tête blonde apparut. Le garçon qui en jaillit avait une quinzaine d'années, le bas de son visage était recouvert d'un masque respiratoire. Les yeux brillants, il contempla le ciel et ses lourds nuages chargés d'éclairs.

— Priax ! À partir de cet instant, je vous ordonne de vous adresser à moi par mon prénom seulement.

— Plaquez-vous contre la paroi ! lui répondit une voix bourrue.

L'instant d'après, un scout'air surchargé de matériel jaillit de l'écoutille. L'homme qui se trouvait aux commandes tendit le bras et happa le garçon, juste avant que la navette ne soit avalée par le marécage.

— Pour un premier contact, c'est un premier contact ! s'exclama le jeune blond en s'asseyant en croupe derrière le pilote.

— Si j'étais vous, maître Solarion, je ne me réjouirais pas trop vite.

À perte de vue s'étendait une mer de boue dont l'horizon se perdait dans une brume diaphane. L'air vibrait dangereusement,

 19

comme s'ils se trouvaient au sommet d'un volcan sur le point d'exploser.

— Priax, je suis fier de vous! le congratula le jeune Solarion.

— Il n'y a vraiment pas de quoi. Nous avons perdu notre navette, nous sommes égarés à la surface d'une planète hostile, nous...

— Allons, allons, nous avons assez de provisions pour tenir des semaines!

— Peut-être, mais...

Le visage de l'homme blanchit d'effroi.

— Que se passe-t-il?

— Le marécage!

Il n'eut pas besoin d'en dire davantage. L'appareil n'avançait pas d'un millimètre et perdait même de l'altitude. Mues par d'invisibles impulsions, les vagues se tendaient vers eux comme des tentacules.

— Nous sommes perdus! s'exclama Priax.

Solarion dégaina un couteau et trancha les cordages qui retenaient un ensemble de coffres. Ceux-ci plongèrent dans les vagues.

— Mettez toute la gomme! ordonna-t-il.

Quand ils se furent assez éloignés pour ne plus subir l'attraction du marécage, le garçon se rassit, un sourire irrésistible sur le visage.

— Vous êtes un inconscient, grommela le pilote. Nous voilà privés d'une partie de notre matériel et livrés à nous-mêmes.

— Qu'avez-vous fait de votre sens de l'humour, mon cher Priax !

Comme libéré d'un poids mystérieux, Solarion poussa un cri de victoire.

— Pour la première fois de ma vie, je me sens libre ! Libre ! C'est décidément la plus belle sensation qu'un homme puisse ressentir.

Le pilote se renfrogna davantage et marmonna :

— C'est peut-être la plus belle, mais, à ce rythme-là, ça risque fort d'être la dernière.

Salué par des grondements de tonnerre, l'appareil disparut dans les insondables volutes de brumes.

2

Le cachot

L'orage phobien éclata, faisant trembler les agrégats de lave sur leurs fondations. Les gouttes de feu élevèrent la température ambiante et transformèrent les carcasses des papillons géants en un amalgame nauséabond qui ne tarderait pas à se dissoudre dans le sol.

Vêtu d'une combinaison de protection haute sécurité, le commandor Sériac Antigor arriva sur les lieux de l'écrasement de la nacelle d'éjection peu après le début des précipitations. Son second, Corvéus, un colosse retardé au regard très doux, fit mine de bercer un enfant dans ses bras. Ne sachant prononcer que quelques mots, il gémissait tristement.

— Ne t'inquiète pas, mon ami, lui répondit le commandor, un compteur électromagnétique à la main. Nous retrouverons Storine. Regarde !

Sériac ramassa un morceau d'étoffe qui commençait à se désagréger sous le mélange de feu et d'acide, dont le flamboiement métamorphosait les larges cratères et les cheminées en un étrange paysage de fin du monde. Une pénombre verdâtre étendait ses longs rubans glauques. Le commandor plaça sa pièce à conviction sous la plaque analytique de son compteur.

— Pas de doute, ce morceau de tissu est bien à elle.

Derrière la vitre de son casque, Sériac fronça les sourcils touffus qui donnaient à son visage tant de sévérité. Le compteur révélait aussi que la fillette était blessée. Corvéus attira son attention. Le sol, de plus en plus spongieux, portait les traces d'un combat récent.

— Corvéus ! Les empreintes du jeune fauve. Et là… Malédiction !

Le géant se baissa et prit entre ses grosses mains gantées un crâne d'homme presque nettoyé par l'acide de toute parcelle de chair. Un instant il le soupesa, puis il décida de le garder comme jouet. Sériac haussa les épaules.

— Corvéus, déclara-t-il, nous sommes ici dans une plaine parsemée de cratères bordés de profondes forêts, dont les végétaux, sans doute sous l'effet du climat, ont muté de manière à supporter ces pluies de feu. Storine a été emmenée par-delà cette forêt… dans cette direction.

Il montra du doigt un rideau d'énormes conifères aux frondaisons noires comme de la suie. En tombant, la pluie dorée soulevait une brume fantomatique aux relents de rouille. Corvéus fit une grimace. Pour l'encourager, le commandor fit semblant de bercer une enfant dans ses bras.

— Storine, répéta-t-il, nous voulons la retrouver, n'est-ce pas?

Le colosse sourit, ce qui amena une expression bon enfant sur sa figure rosée. Le commandor serra les dents. C'était un militaire d'environ trente-cinq ans, à la mine toujours sombre, aux cheveux ras et aux yeux noirs intenses. Cela faisait dix ans qu'il recherchait Storine et il n'allait certes pas laisser ces sauvages de Phobiens se mettre en travers de son chemin. Lorsqu'ils quittèrent le cratère à bord d'un glisseur biplace protégé par un champ de force, la pluie de feu rongeait les flancs de la nacelle écrasée de Pharos.

Chaque fois que Storine tentait d'ouvrir les yeux, le venin des papillons, mêlé à sa propre sueur, la faisait hurler de douleur. Elle avait été traînée sur des dalles glaciales. Après l'écrasante chaleur et la forte teneur en soufre dont était composée l'atmosphère de cette planète, ce froid soudain l'avait transpercée comme une centaine de couteaux. On lui avait noué les poignets au-dessus de la tête et on l'avait hissée par des câbles jusqu'à ce que ses pieds touchent à peine le sol. Des murmures incohérents s'élevaient autour d'elle. Où était Eldride ? Que devenait Griffo ?

On n'avait pas cessé de lui poser les mêmes questions :

— Quel est ton nom ?

Storine avait la gorge si sèche qu'aucun mot ne sortait plus de ses lèvres.

— D'où viens-tu ?

Cette voix grave et forte lui rappelait beaucoup celles des pirates à bord du *Grand Centaure*. L'homme qui l'interrogeait s'adressa à une seconde personne :

— Sérénissime, cette fille est soit menteuse, soit folle.

— Avez-vous pensé, seigneur Vorcom, qu'elle pourrait simplement nous dire la vérité ?

La voix de ce deuxième personnage était douce, un rien efféminée. Storine sentit autour de cet homme une odeur à la fois sucrée et citronnée : un parfum de femme.

— Le fait qu'elle sache se servir d'un sabre ne signifie pas qu'elle soit une guerrière.

— Je me suis laissé dire qu'elle avait mis hors de combat trois de vos hommes avant de succomber sous le nombre.

— Elle est trop jeune pour avoir été initiée.

Le ton, assez bourru, trahissait l'homme de caractère dont l'opinion est mésestimée.

— Avez-vous remarqué le symbole qu'elle porte, tatoué au poignet droit ? Le reconnaissez-vous ?

— Sérénissime…, répéta le premier homme avec un respect mêlé de rage contenue.

— Branchez le memno-encéphalographe, répondit la voix douce. Nous en aurons le cœur net.

Storine sentit des aiguilles pénétrer la chair de ses tempes. Puis un courant électrique lui déchira le cerveau. Les derniers mots qu'elle entendit avant de perdre connaissance lui firent encore plus mal.

— Marsor le pirate n'a pas de fille. Elle ment...

Pendant ce temps, au centre du système planétaire, le *Grand Centaure* naviguait à découvert. Furieux d'avoir dû rebrousser chemin lorsque le commandor Sériac l'avait attaqué à la frontière des États de Phobia, Marsor le pirate revenait sur sa décision. Pour la première fois depuis vingt-cinq ans, il n'avait ni plan ni stratégie. Séparé de sa flotte, avec une force de frappe réduite de quarante-six pour cent et un système de navigation invisible qui n'était toujours pas opérationnel, il prenait tous les risques. Et pour quoi ? Pour qui ?

Les mains solidement posées sur les manettes de commande le géant blond que ses hommes appelaient respectueusement l'Amiral sentait la fatigue et la tension des derniers jours s'infiltrer en lui comme un poison. Krôm, son second, un fidèle compagnon de vingt ans de campagne, ne le reconnaissait plus. Ou plutôt, si. Il voyait à l'œuvre la détermination et le courage de son chef : des qualités indispensables quand on choisit de vivre en marge des lois. Malgré cela, Krôm serrait les dents, car il croyait fermement que plonger au cœur d'un périmètre spatial envahi par les impériaux n'était que pure folie.

— Tu me désapprouves, n'est-ce pas ?

Krôm mit quelques secondes avant de réaliser que l'Amiral lui parlait.

— Je n'aime pas l'idée de nous savoir seuls, à la merci de l'armée impériale, maugréa le premier lieutenant.

Tous deux savaient très bien pourquoi, au lieu de regrouper leur flotte dispersée, ils faisaient route vers la planète Phobia.

— Tu ne comprends pas…

Krôm n'était pas le seul à questionner silencieusement l'Amiral. Bien sûr, tout le monde avait été attristé par la perte de la petite Storine et, surtout, du jeune lion blanc qui faisait la fierté de la flotte. Mais à bord, les rumeurs prétendaient que, tôt ou tard, le vaisseau endommagé par les récentes attaques tomberait aux mains des impériaux, et cela créait un climat de panique.

— Tu vois, Krôm, Storine n'est pas seulement ma fille adoptive. Elle est…

Un éblouissement lui donna le vertige. Il revit devant ses yeux le visage très expressif de la fillette, ses cheveux orange, toujours en bataille, ses pommettes hautes, son teint pâle, son nez fin aux ailes délicates, sa bouche déjà sensuelle ainsi que le petit grain de beauté, oh ! à peine visible, qu'elle portait sur la lèvre inférieure et qui, loin de la défigurer, lui donnait du caractère. Marsor devait-il parler des prophéties d'Étyss Nostruss ? Expliquer que le *Sakem*, ce livre sacré sur lequel reposaient les principes de la monarchie spirituelle de l'empire, évoquait l'existence d'une fille aux cheveux orange ! Ses hommes étaient des braves, pas des érudits.

— À combien sommes-nous de la planète Phobia ? interrogea-t-il.

Penché sur son écran holographique, le navigateur n'avait pas plus dormi que l'Amiral depuis les derniers jours. Soudain, son visage blêmit.

— Flotte ennemie dans le secteur K-23.

Dans la timonerie, le silence se fit plus lourd. Tous se dévisagèrent comme si leurs pires craintes venaient de prendre forme.

— Combien de bâtiments ?

— Une unité complète, Amiral.

— Sur écran !

Les plaques circulaires, sur le plancher et au plafond, s'activèrent, projetant l'image tridimensionnelle des forces ennemies. En voyant se déployer une quarantaine de croiseurs, Marsor sentit les muscles de ses jambes s'affaisser. Mais il fallait tenir bon.

— Où en sont les réparations ?

Krôm fit le point des moniteurs d'information.

— Le système de navigation invisible n'est toujours pas rétabli, mais nos hommes y travaillent. Notre générateur principal n'a pas pu être complètement rechargé. Les relais secrets sont toujours coupés. Les panneaux d'ouverture des soutes ont été gravement endommagés au cours des précédentes attaques. Nos chasseurs ne pourront pas nous couvrir.

L'Amiral serra les poings. Était-ce vraiment folie que de vouloir récupérer Storine alors que les autres unités de sa flotte se battaient peut-être aux côtés des princes phobiens, contre les impériaux ! Sur l'écran, des points lumineux se déployaient déjà autour du *Grand Centaure*. Il fallait penser vite et juste. Où était situé le croiseur de commandement ? Où se trouvait, dans la structure ennemie, ce point de rupture qui constitue le talon d'Achille de tout déploiement militaire ? En contact vocal avec l'ordinateur principal,

Marsor demanda la synthèse de tous ces paramètres. Puis, après avoir pris connaissance du rapport de l'ordinateur, il donna ses ordres :

— Cap sur leur aile tribord, c'est la plus vulnérable et la moins mobile. Pleine puissance. Nous déchargerons nos canons d'appoint jusqu'à épuisement des batteries s'il le faut.

Les yeux de Krôm s'effilèrent comme ceux d'un lion blanc. L'aile tribord de la formation ennemie les éloignerait de la planète Phobia. De plus, à trois cents sillons de distance, l'espace était perturbé par de forts courants stellaires émis par l'étoile géante rouge Attriana. En transmettant les ordres, le premier lieutenant ne put s'empêcher d'admirer l'intelligence de l'Amiral. Une question subsistait cependant : arriveraient-ils, en un seul morceau, assez proche de la zone de turbulences pour y engager le *Grand Centaure*.

Les premières bordées secouèrent les parois du vaisseau.

— Ils veulent nous forcer à virer de bord ! s'écria un des opérateurs radio.

La proue du vaisseau percuta un des croiseurs impériaux. La formidable explosion glissa sur les blindages du *Grand Centaure*

et porta ses flammes meurtrières sur les coques des croiseurs voisins. Un œil braqué sur la jauge des batteries, Marsor comptait les secondes. Dans quelques minutes, leurs canons deviendraient muets. Mais il ne leur fallait que trois minutes encore pour percer l'aile tribord de l'unité impériale. Celle-ci tentait d'encercler le *Grand Centaure* comme un boa constrictor noue ses anneaux autour de sa proie. Ne supportant pas l'inaction, Krôm poussa de côté un des canonniers et prit sa place. Tant qu'il restera de l'énergie dans les batteries, les canons du *Grand Centaure* ne cesseront de harceler l'ennemi.

Marsor épongea la sueur qui coulait sur ses tempes. Comme toujours dans ces situations d'urgence, il se sentait merveilleusement vivant. À tel point, d'ailleurs, que Storine lui était sortie de la tête. Encore deux minutes. Le vaisseau tremblait, comme si un séisme permanent lui broyait les entrailles.

— Rapport d'avaries !

Un homme d'équipage – Marsor aurait été bien en peine de dire qui – hurla que des incendies rongeaient les ailes, qu'une des cornes de proue était brisée, et que le toit, tout juste réparé de la salle des Braves, venait une nouvelle fois de céder.

— À combien de sillons sommes-nous de la zone des perturbations ?

— Vingt ! rétorqua Krôm. Mais je doute que le vaisseau résiste à la pression…

Marsor savait que son appareil était solide. Mais Krôm n'avait pas tort. Affaiblis par les impacts continuels, les blindages risquaient de ne pas tenir le coup. « Pas plus, songea-t-il, que ceux des croiseurs impériaux. » Dans toute entreprise, il y avait place pour le courage, l'initiative et l'intelligence. Mais la mystérieuse inconnue dans cette belle équation, c'était la chance. Ou la foi. Et l'Amiral ne manquait ni de l'une ni de l'autre.

Une nouvelle déflagration secoua l'appareil sur bâbord avant. Alors qu'autour d'eux une dizaine de croiseurs en flammes éjectaient leurs modules de sauvetage, le croiseur de commandement impérial, deux fois plus grand que les autres, leur barrait le passage. Une série d'explosions illumina la timonerie. Deux Braves s'écroulèrent. Par radio, ils entendirent l'ordre venant de l'officier impérial : « Stoppez les machines ! Rendez-vous ! »

Jamais encore l'Amiral ne s'était trouvé en aussi mauvaise posture. Combien restait-il d'appareils ennemis ? Leur encerclement était-il sans faille ?

— Je n'entends plus tirer nos canons !
Où en sont nos batteries ?

Le visage du premier lieutenant, d'ordinaire si dur, si coupant, était méconnaissable. Il avait les larmes aux yeux. Heureusement, au milieu des explosions et de la fumée qui s'échappait des consoles endommagées, personne ne pouvait s'en apercevoir.

— Amiral !

Marsor lâcha la barre et se précipita vers l'écran holographique de son navigateur.

— La zone de turbulences, Amiral !

— Eh bien ?

Il n'eut pas besoin d'autres explications. Ses yeux rougis de fatigue se mirent à briller. Reprenant son poste, il vira à bâbord toute pour se rabattre brusquement sur le flanc du bâtiment impérial. Le choc fut terrible. Un grincement de métal leur donna l'impression d'être broyés dans un éjecteur à déchets. Perdant de son assiette, le bâtiment impérial fut happé par les premiers courants stellaires. Pris lui aussi dans ce tourbillon, le *Grand Centaure* vira sur lui-même. Hors d'équilibre, l'Amiral se cogna la tête contre la batterie de contrôle.

Marsor avait réussi à amener la flotte ennemie à la périphérie de la zone de turbulences.

Des quarante fiers croiseurs impériaux, il n'en restait qu'une dizaine, et ceux-ci étaient trop occupés à fuir le danger ou à récupérer les modules de sauvetage des autres appareils pour s'occuper du *Grand Centaure*.

Recroquevillé derrière une console de tir, l'Amiral attrapa son premier lieutenant par une manche.

— Nous allons gagner, murmura-t-il à bout de force.

Krôm s'accrochait à la console, tant le navire était secoué. Plusieurs batteries de commande furent arrachées aux parois de la timonerie et volèrent dans tous les sens. Ballotté comme un fétu de paille dans une tempête, le *Grand Centaure* était la proie des tourbillons stellaires. Si les blindages tenaient, alors oui, l'Amiral aurait raison. Mais à quel endroit les vents stellaires allaient-ils les rejeter ?

Marsor rampa jusqu'au poste de communication. Alors que le plancher de la timonerie gîtait à trente-cinq degrés, il réussit à ne pas glisser en avant. Micro en main, il donna plusieurs ordres d'urgence. Fermer les portes étanches, arrimer ce qui pouvait l'être, mettre les moteurs à l'arrêt. Krôm se demanda s'il y avait encore des Braves, dans les autres parties du navire, pour exécuter ces ordres. En se traînant sur les coudes, le premier lieutenant rejoignit l'Amiral à l'instant où celui-ci contactait le poste de ses fidèles Centauriens. Krôm sourit malgré les tragiques événements.

— Dès que nous sortirons de ce tourbillon, nous ferons route vers Paradius. Là, nous réparerons, lui dit l'Amiral. Puis nous rassemblerons la flotte.

Cette volonté de réussir, envers et contre tout, était un des traits marquants de la personnalité de l'Amiral. Sa force de persuasion était telle que Krôm lui-même se sentit rassuré. « La parole, songea-t-il, c'est l'acte. L'acte forge la réalité. Oui, se dit Krôm, nous réussirons. » Quand Marsor ordonna à un détachement de Centauriens de se préparer à partir en mission dès qu'ils sortiraient de la zone de turbulences, le premier lieutenant sut aussi que rien ne pourrait empêcher l'Amiral d'envoyer des secours à sa fille adoptive…

La technologie qui permettait d'extraire par la force les souvenirs d'un cerveau humain n'était pas sans danger pour le cobaye. Aussi, lorsque l'écran sur lequel défilaient des images de la vie récente de Storine à bord du *Grand Centaure* se mit à grésiller, la voix efféminée ordonna d'arrêter l'expérience.

— Nous avons nos réponses, il me semble.

— Cette machine est-elle vraiment fiable ? J'ai des doutes, rétorqua le seigneur Vorcom.

— Laissons cette petite reprendre des forces.

Storine recouvrait lentement ses esprits. Elle entendit des bruits de pas, puis une porte coulissa bruyamment, la laissant seule avec ses élancements et ses peurs. Depuis qu'elle était arrivée sur cette planète maudite, elle avait espéré que son père viendrait la sauver. Elle ne devait pas perdre courage. Marsor l'aimait. Lui aussi allait atterrir sur Phobia. Elle imaginait très bien le *Grand Centaure* survolant les cratères hérissés de cheminées. Marsor détruirait les terriers et tous ces affreux papillons venimeux.

Les membres étirés, suspendue sur la pointe des pieds, elle sentait les liens lui cisailler les poignets. Son crâne pulsait douloureusement ; une sueur glacée baignait son corps. Aux endroits où le venin des papillons l'avait atteinte, sa peau la démangeait atrocement. Oui, Marsor tuerait tous ceux qui lui avaient fait du mal et elle pourrait se blottir contre lui. Cette image la réconforta. Il fallait tenir bon. Être digne de lui.

Toute à sa joie d'imaginer son père, Storine ne pouvait toujours pas ouvrir les paupières sous peine de laisser du venin lui couler dans les yeux. Elle ne vit donc pas le garçon pénétrer dans le cachot par une grille d'aération. Il s'approcha d'elle sans un bruit. La fillette sentit un souffle chaud couler sur sa peau, à la hauteur des épaules. Réalisant combien son pull et son pantalon avaient été endommagés par le venin des papillons, elle se crispa.

— Qui est là ?

Sa voix, plus rauque que d'habitude à cause de sa gorge desséchée, n'était qu'un gargouillis. Le garçon resta longtemps immobile. Ses yeux s'étant habitués à l'obscurité, il distinguait la tunique verte déchirée, le pantalon noir, les longues parcelles de peau à découvert. Une peau blanche, quelques brûlures sur les jambes, les bras et le ventre. Il se planta devant la console de commande et actionna le mécanisme qui fit descendre Storine jusqu'à ce que la plante de ses pieds repose de nouveau sur le sol.

— Ne me touchez pas ! gronda-t-elle de sa voix cassée.

Elle sentit le goulot d'une bouteille glisser entre ses lèvres. Instinctivement, elle entrouvrit la bouche et but à longs traits une espèce de liquide épais et rafraîchissant. Peu habituée au goût métallique de cette boisson bizarre, elle avala de travers.

— Qui est là ? répéta-t-elle en s'étouffant à demi.

— Laisse-toi faire et tout ira bien, lui répondit l'adolescent en tranchant ses liens d'un geste précis.

Soudain libérée, Storine lui tomba dessus. Ils roulèrent tous deux au sol.

— Ne bouge pas ! ordonna-t-il en l'allongeant sur le dos.

Le corps parcouru de frissons glacés, Storine obéit. Sans cesser de lui demander de rester immobile, le garçon posa sa main sur une première brûlure.

— Respire calmement.

La voix était douce ; il murmurait presque. Storine ouvrit les yeux et hurla de douleur.

— Patience…, lui souffla-t-il à l'oreille.

Dans un réflexe de colère elle roula sur elle-même et déséquilibra le mystérieux garçon. Chaque mouvement lui arrachait un cri. Dans leur bref corps à corps, elle découvrit qu'il n'avait qu'un seul bras! Surprise, elle retomba lourdement au sol.

— Si tu veux que je te soigne, ne recommence pas! s'écria l'adolescent.

Il déplaça sa main unique et frôla la peau au-dessus de chaque brûlure. Storine sentit que cette main devenait de plus en plus chaude. Cette chaleur absorbait la douleur causée par ses blessures. À travers ses paupières entrouvertes, elle aperçut une lueur diffuse émerger autour de la main du garçon. Ressentant cette chaleur jusqu'au fond de son ventre, Storine respira plus fort. Soudain, au mépris des ordres reçus du garçon, elle lui saisit le poignet.

— Qui es-tu?

Pour toute réponse, il se libéra comme si elle l'avait brûlé, puis il se fondit dans l'obscurité.

— Reviens!

Tremblante de froid sans cette main qui l'avait soignée, elle s'aperçut que ses vêtements étaient en lambeaux. C'est alors que la porte coulissa et qu'un petit homme voûté entra dans la cellule…

3

Le château de lave

La petite bourgade de Phrygiss, installée sur les falaises d'une côte déchiquetée, étincelait sous une pluie de feu. Après avoir survolé de nombreux marécages et traversé d'épais bois de conifères ignifugés, le commandor Sériac arrivait enfin à destination. Les mains fermement serrées sur les commandes de son glisseur magnétique, il pointa du menton un des écrans de contrôle.

— Tous les indices concordent, Corvéus. La gamine n'est pas loin.

Les maisons aux toits pentus, collées de guingois les unes aux autres et faites du bois noir ininflammable propre à la région, étaient construites sur pilotis, ce qui leur donnait l'apparence d'une nichée de grands oiseaux de malheur. Nulle âme dans les rues. Sériac se remémora des bribes du rapport, lu peu avant d'atterrir sur la planète. Les habitants de Phobia, pour la plupart des descendants dégénérés des anciennes races qui, à la suite de guerres intestines, avaient émigré sur les autres planètes du système, étaient des gens simples, superstitieux et farouchement jaloux de leur indépendance.

Parvenu entre deux haies de maisons dont les toits fumaient sous l'assaut des gouttes de feu, Sériac réduisit sa vitesse de moitié. Normalement constitué de lave séchée, le bitume ruisselait d'or. Ce n'était pas une illusion d'optique. Vomie par les nuages incandescents, la pluie brûlante avait transformé les rues en torrents de flammes. Sous un ciel mouvant déchiré d'éclairs, ce paysage sinistre possédait une étrange beauté surnaturelle, à la fois violente et sereine, qui plaisait beaucoup au commandor.

Pointant un doigt boudiné, Corvéus gémit tristement. Un homme et son enfant, surpris par l'orage, tentaient de regagner leur maison. Vêtus de longs manteaux ignifugés, ils s'enfonçaient dans la vase enflammée jusqu'à mi-mollets. Comme ils n'avaient pas l'air de trop en souffrir, le commandor en déduisit qu'ils devaient porter des bottes et des pantalons résistant à de très hautes températures. Cette façon qu'avait l'être humain de s'adapter aux pires conditions de vie l'étonnait toujours.

Mais il n'oubliait pas le plus important. Si les autochtones vivaient en reclus sur la terre de leurs ancêtres, les vrais maîtres de cette planète étaient les esclavagistes. Au centre du village, le commandor coupa les moteurs. Le glisseur magnétique retomba au sol, éclaboussant de vase les piliers noircis d'une rangée d'habitations.

— Regarde!

Corvéus considéra d'un œil morne l'étrange construction dressée sur un promontoire rocheux, tel un aigle noir dominant l'océan. Fait de vase métallisée, le château s'élevait avec ses tours, ses chemins de ronde, ses meurtrières, ses gargouilles, défiant toutes les lois de l'esthétique, sans style ni harmonie, bâti principalement pour frapper les esprits et terroriser les voyageurs. Le commandor éprouva immédiatement de la sympathie pour le propriétaire de ces lieux. Fin psychologue, il devina que ce personnage était aussi prétentieux que fantasque, qu'il avait des goûts démesurés et un raffinement presque morbide. Il en déduisit qu'il était surtout insécure jusque dans la moelle de ses os. Cela lui plut, car ce genre de personnage ne connaissait que la loi du plus fort, et, à ce jeu-là, Sériac ne craignait personne.

— Corvéus, dit-il, nous reverrons bientôt notre chère petite Storine. En attendant, si nous faisions connaissance avec les habitants de ce village…

Traînée de force par deux hommes portant casques miroirs et gants d'acier, Eldride fut jetée comme un tas de vieux chiffons dans un cylindre hermétiquement clos. Quelques secondes s'écoulèrent, durant lesquelles l'adolescente sentit monter en elle une peur irraisonnée. Puis des jets de vapeur, certains glacés, d'autres brûlants, l'étouffèrent à moitié. Quand on la délivra enfin, les mêmes hommes la portèrent jusqu'à une sorte de dortoir dans lequel vivait déjà une quinzaine de prisonniers, jeunes pour la plupart, des deux sexes.

Spontanément, chacun vint lui parler, la réconforter, lui expliquer qu'elle venait de subir un bain de décontamination et qu'elle n'avait rien à craindre. Eldride n'avait jamais cru en la bonté humaine. Trop de gentillesse, c'était suspect. Elle repoussa les visages penchés sur elle, puis courut jusqu'à la grande porte pour exiger que Storine soit libérée, elle aussi. Épuisée par les événements des dernières heures, elle s'évanouit.

Storine fut amenée dans ce même dortoir quelques minutes plus tard, roulée dans une couverture, les yeux hagards. Elle fit deux pas dans la salle et tomba dans les bras qui se tendaient vers elle. Une série d'images se mit à tourbillonner dans sa tête, et elle comprit qu'elle rêvait. Peu à peu, l'image se stabilisa. Émerveillée, elle reconnut un jeune homme, son ami Santorin qui l'avait tant aidée, sur la planète Ectaïr, après la mort de ses grands-parents adoptifs. Ses cheveux roux baignaient dans une douce lumière orangée. Vêtu comme un prêtre de Vinor, il semblait en transe. Soudain, leurs yeux se croisèrent : « Courage, Sto, lui dit-il. Je ne t'ai pas abandonnée. Aie confiance et nous nous reverrons…» Ces derniers mot moururent à mesure que s'éteignait la belle lumière orangée.

La fillette hésitait à se réveiller. Une voix d'homme murmura des mots dans une langue inconnue. Un bref conciliabule entre plusieurs personnes s'ensuivit. Finalement, un vieillard eut la bonne idée d'utiliser l'ésotérien, la langue officielle de l'empire.

— Tu peux ouvrir les yeux, petite, nous t'avons lavé le visage.

Storine battit des paupières. Un instant, elle crut se réveiller à bord du *Grand Centaure*, dans cet endroit infect que l'on appelait le «coral des femmes», où les pirates enfermaient leurs esclaves. Mais ce dortoir-ci était vaste et aéré, parsemé de vieux piliers torsadés, avec de hauts plafonds à voûtes, des murs en pierre et de larges baies vitrées donnant sur l'océan. La lumière, dans la salle, était plutôt sombre. Mais c'était dû à l'orage de feu qui faisait rage à l'extérieur.

— Qui êtes-vous? demanda Storine.

Les mines se fermèrent. Une douzaine de personnes se penchaient sur sa couche. Des hommes à la peau dorée, rouge ou noire; des chevelures multicolores, des faces étroites, des yeux globuleux, des sourires étranges avec ou sans dents, ou encore avec de véritables crocs. Il se dégageait d'eux tant de compassion, de tristesse aussi, que Storine n'éprouva aucune peur.

— Nous venons tous de planètes différentes, expliqua une jeune fille aux yeux rieurs et aux longs cheveux blanc saphir magnifiques, d'à peu près l'âge d'Eldride.

D'un bleu très pâle, sa peau était soyeuse et parfumée. Directement peint sur son front, elle portait un bandeau de signes cunéiformes rouge et or ; sans doute, se dit Storine, des symboles de son peuple ou de sa religion. Soudain, une silhouette dégingandée joua des coudes pour écarter la petite foule et se jeta dans les bras de Storine.

— Où étais-tu ? Pourquoi avons-nous été séparées ?

Peu habituée à voir Eldride aussi affectueuse, Storine accepta son accolade. Après ce qu'elle venait de vivre, c'était réconfortant de se laisser aller à un peu de tendresse.

— Mais… tu es blessée ! s'exclama la fillette en considérant les traces de brûlures qui meurtrissaient les bras et le visage d'Eldride.

Le groupe de prisonniers, qui s'était tu par respect pour leurs retrouvailles, commença de s'animer. Deux jumelles à la peau marbrée leur proposèrent des couvertures, à grand renfort de gestes, dans une langue incompréhensible. Un vieillard au visage empreint de noblesse, qui répondait au nom bizarre d'Ergauss Drass, alla leur chercher de quoi se restaurer, tandis qu'un beau garçon aux cheveux bleu foncé, au teint bleu pâle et aux yeux tristes, également bleus, leur joua un morceau de musique sur une flûte d'os… bleue ! La jolie fille au front peint offrit à Storine son unique robe de rechange en tissu rose, qui n'allait pas du tout avec le teint et les cheveux de la fillette, mais ce n'était pas le moment de se montrer difficile ! Un second vieillard, au corps tordu comme un point d'interrogation, s'assit sur la couche de Storine et lui prit les mains avec douceur. Son visage, rongé par d'anciennes brûlures, se rapprocha du sien. Storine fronça les narines, car l'homme exhalait des relents âcres, mais elle ne le repoussa pas.

— Vous avez eu de la chance, beaucoup de chance…

— Qui êtes-vous, tous ?

Le vieillard massait ses mains entre les siennes. Il semblait en transe. Ses pupilles jaunâtres se dilatèrent.

— Les typhrouns… Je vois… Je les vois ! marmonna-t-il.

— Ce sont des papillons géants, expliqua la jeune fille aux cheveux blanc saphir. Leur venin est mortel.

— Toi, enfant, ils t'ont choisie. Je vois le grand typhroun doré te choisir.

— Ils nous ont attaquées, corrigea Eldride. Vous avez désinfecté mes brûlures, mais Storine...

Tout en parlant, Eldride souleva la couverture et contempla, sous les lambeaux de vêtements, le corps intact de son amie.

— Par les tripes de Vinor, Sto, mais tu es guérie !

— Elle a été choisie pour le bonheur par le grand typhroun, poursuivit le vieillard en transe.

Mal à l'aise, Storine remonta la couverture jusque sous son menton (elle mettrait sa robe rose quand elle serait seule). Puis la jeune fille aux cheveux saphir demanda à tout le monde de laisser les nouvelles venues tranquilles. Eldride et Storine se pelotonnèrent l'une contre l'autre et contemplèrent par les baies vitrées l'immensité verte et fauve de l'océan, le ciel mouvant strié d'éclairs, et la pluie dorée qui tombait silencieusement. Storine observa la lumière orangée de la pluie et les arabesques qu'elle dessinait sur les joues rondes de son amie Eldride, en se demandant pourquoi elle venait de rêver à Santorin.

— Je suis bougrement heureuse qu'on soit toujours ensemble, Sto, lui dit soudain Eldride en lui enlaçant l'épaule de son bras.

L'instant était magique, étrange, presque trop doux. Leurs compagnons s'étaient retirés dans leurs quartiers, surtout ce jeune musicien, triste et bleu, qu'Eldride avait suivi des yeux avec intérêt. Un silence feutré régnait entre les hauts murs de pierre. Storine n'avait plus mal nulle part. Elle aurait voulu s'abandonner à la tendresse de ce moment, souffler un peu, taire toutes les questions qui la taraudaient. Mais l'inquiétude de savoir Griffo dehors, par ce temps, seul et malheureux, lui brisait le cœur. Sans le savoir, Eldride détruisit cette atmosphère de quiétude extraordinaire :

— Tu sais, ce vieux diseur de bonne aventure, il est fou à lier. Un papillon à tête de serpent te crache dessus et te voilà choisie pour le bonheur. Je crois plutôt que ce macaque a reçu trop de venin sur la tête.

Storine regarda son amie si révoltée, si courageuse, si malheureuse, qui passait son doigt le long des brûlures laissées sur ses joues par le venin des typhrouns.

— Bien sûr, à moi, on ne m'a pas refait une beauté !

La fillette ignora le sous-entendu. Devait-elle parler de cet interrogatoire, de la visite de cet étrange garçon dont elle n'avait pu voir le visage, mais qui l'avait soignée avec sa main unique ? Son trouble était si visible qu'Eldride s'en inquiéta.

— Je vais bien, lui assura Storine. Mais, dis-moi, que s'est-il passé ?

Eldride haussa les épaules.

— Pharos avait un plan. Nous devions fuir tous les deux et vous abandonner ici, toi et Griffo. Mais en arrivant dans l'atmosphère de Phobia, nous avons été secoués par des vents si violents que Pharos a perdu la maîtrise de la nacelle. J'en ai profité pour libérer Griffo. Il y a eu une sorte de bagarre, et puis nous nous sommes écrasés contre ces horribles cheminées. Le choc m'a assommée. Quand j'ai repris connaissance, Griffo n'était plus là et Pharos s'extirpait de l'appareil. Tu te doutes bien qu'il avait pris ses sacs d'argon avec lui, le traître. Il s'apprêtait à nous abandonner !

— Mais… et les monstres volants ?

— En nous écrasant, nous avions détruit une de leurs tanières. Ils ont surgi par centaines ! Même s'il était armé d'un sabre et d'un pistolaser, Pharos n'a rien pu faire. Ils l'ont quasiment noyé sous leur venin.

Les yeux d'Eldride étaient vides de toute expression. Storine eut l'intuition que la mort

 53

de Pharos, qui avait été un maître dur et parfois cruel, lui apportait une sorte de soulagement, comme si la vie ou le destin, pour une fois, lui avait rendu justice.

— Lorsque je suis sortie à mon tour, poursuivit Eldride, j'ai vite compris. Griffo m'a prévenue du danger. Je t'assure, sans lui, j'étais morte !

La jolie fille à la peau bleue apparut et s'excusa de les interrompre :

— Tenez, c'est tout chaud. On vient de nous les apporter.

Elle leur donna un bol en fonte avec, dedans, deux œufs cuits dans une sauce épicée et gluante, accompagnés d'algues salées.

— Beurk ! fit Eldride.

— Ce sont des œufs de typhrouns, ajouta la fille. Un vrai délice.

Elle leur sourit puis leur tourna le dos.

— Comment t'appelles-tu ? lui demanda Storine.

La jeune fille se retourna. Storine crut voir un ange.

— Lâane est mon nom. Je viens de la planète Aurollane.

Un ange auréolé de lumière dont les yeux, très doux et toujours souriants, reflétaient sagesse, bonté et maturité.

— Qui sont tous ces gens ici ? demanda encore la fillette en mâchonnant du bout des dents un morceau d'œuf.

— Des esclaves, Sto, lui répondit Eldride en jetant un regard farouche à Lâane, qui les laissa seules. Des esclaves en attente d'être vendus à Phobianapolis, la capitale. Mais tu veux savoir, nous, on va s'échapper.

— Tu as un plan ?

La mâchoire féline d'Eldride se contracta. Ses pupilles incandescentes se durcirent.

— Je n'ai pas fui le *Grand Centaure* pour être vendue comme esclave sur cette planète maudite. Les hommes qui nous retiennent prisonnières m'ont volé les trésors de Pharos. Ces sacs d'argon sont à moi. J'étais sa pupille. Je veux récupérer mon héritage. Ensuite, nous nous enfuirons. Ces gens autour de nous sont bien gentils, mais ce sont des lâches. Ils ont perdu l'espoir. Moi, pas.

Eldride semblait si confiante que Storine sentit un peu de chaleur se glisser dans son cœur. Mais elle commençait à connaître son amie. Elle ne manquait pas d'idées, mais l'expérience lui avait prouvé qu'une idée n'est rien sans l'intelligence qu'il faut pour la mettre à exécution.

— Ne t'inquiète pas pour nous, lui répondit ingénument Storine, mon père ne nous laissera pas croupir dans cet endroit. Il va venir nous sauver.

Eldride lui lança un regard perçant.

— Rêve tant que tu veux si ça te chante. Moi, je vais agir, et vite.

Aucune des deux filles n'entendit le rire étouffé du garçon manchot, caché dans le passage secret qui courait derrière le mur contre lequel elles étaient allongées…

4

Caltéis le marchand

— Sérénissime, les nouvelles sont graves…

Le seigneur Vorcom, qui détestait la planète Phobia car son climat lui donnait de violentes fièvres, pénétra dans le hangar secret. Les hauts murs suintaient d'humidité. Des toits pentus tombait une lumière sombre qui jetait entre les pilastres des reflets écarlates. Vorcom sortit de son pourpoint de cuir un masque respiratoire portatif et le plaqua contre sa bouche. Il était âgé d'une quarantaine d'années, le cheveux rare sur un front énorme, les traits burinés par une vie d'aventures. Son visage, toujours inquiet, toujours à l'affût malgré des yeux durs, avait vraiment l'air de ce qu'il était : un fugitif dont la tête était mise à prix dans tout l'empire.

— Je ne donne pas cher des forces de l'alliance phobienne contre les impériaux, déclara-t-il en s'approchant d'un petit homme affable, vêtu d'un long kimono à fleurs.

Outre ses traits délicats et sa peau jaunâtre plissée, le vieux monsieur arborait des yeux globuleux de fouine, un crâne luisant trop lourd pour ses frêles épaules, ainsi qu'une barbiche bien taillée, teinte en vert. Assourdi par le tumulte des machines regroupées dans le hangar, il travaillait avec application sur un clavier holographique. Lorsqu'il prit enfin conscience de la présence de son chef de la sécurité, Caltéis le marchand le dévisagea en rajustant ses lunettes octogonales à triple foyer.

L'esclavagiste n'appréciait guère l'intrusion de cet ancien pirate qui avait trahi le grand Marsor. Mais il connaissait trop la susceptibilité du guerrier pour l'attaquer de front. Comme Vorcom répétait que les choses allaient mal, Caltéis éteignit son écran et il lui adressa un sourire forcé.

— Cette guerre ridicule est très mauvaise pour le commerce. Notre guilde est bien embêtée. L'arrivée de marchandises fraîches est compromis et nos clients hésitent à se déplacer. Je ne les en blâme pas.

Vorcom détourna la tête. Le parfum entêtant dont le vieil homme aimait s'asperger lui soulevait le cœur. S'appuyant au bras du guerrier, Caltéis le raccompagna jusqu`à la porte blindée. Le marchand s'en voulait de s'être laissé surprendre à contempler ses trésors technologiques. Avec Vorcom, rien n'était jamais sûr. «Traître un jour, traître toujours», songea-t-il. Il eut cependant un petit rire souffreteux : il n'était pas devenu un des membres les plus puissants de la guilde des marchands sans être avant tout un homme prudent.

De son côté, l'ancien pirate n'aimait pas ce qui se tramait dans ce sordide château. Les mots «marchandises fraîches», dans la bouche de ce vieillard qui s'attribuait des titres de noblesse, lui donnaient froid dans le dos. La condescendance de Caltéis à son égard ne cessait de lui peser. À vrai dire, s'il détestait le vieil homme, il détestait encore plus sa misérable condition de renégat.

— Sérénissime, après vérification, il s'avère que vous aviez raison pour la gamine.

S'arrêtant dans le sombre corridor éclairé par de hauts vitraux, Caltéis fit mine de nettoyer ses lunettes.

— Marsor l'a bien adoptée, poursuivit Vorcom. En soi, c'est contraire aux lois de la piraterie. Mais ce qui dépasse tout entendement, c'est qu'elle porte le symbole du pacte des Braves.

L'ancien pirate retroussa sa propre manche et dévoila le tatouage inscrit dans la chair de son poignet droit.

— Cela fait de cette enfant l'égale d'un Brave.

— Craindriez-vous que Marsor ne vienne récupérer sa fille ? demanda Caltéis.

Vorcom était le seul survivant d'un groupe de Braves qui avaient trahi l'Amiral.

— Je propose de l'éliminer, déclara-t-il. Plus d'enfant, plus de risques.

— Que de passion, mon cher Vorcom ! s'exclama Caltéis en s'arrêtant, car ils arrivaient sur une passerelle fermée suspendue qui reliait, dans la cour centrale du château, deux corps de bâtiments.

Entièrement fait de verre blindé, le pont offrait une saisissante vue en plongée. Le ciel rouge et vert grondant d'éclairs, le spectacle enivrant de cette inlassable pluie de feu réchauffa le cœur sensible du vieillard.

— Je ne suis pas né sur Phobia. Vous l'ai-je jamais dit ? Cependant, j'aime cette planète. Oui, je l'aime et je la comprends. Cette terre est peut-être le berceau de la civilisation impériale d'Ésotéria, elle est auréolée de légendes extraordinaires… Notre étoile, la grande Attriana, finira un jour par nous détruire à force de prendre du volume…

Caltéis ne se parlait-il pas à lui-même? Vorcom sentait l'humidité malsaine s'insinuer dans ses os. Il leva les yeux vers l'écrasant soleil rouge, voilé par les épais nuages verts d'Exynium. Issu des milliers de volcans actifs, ce gaz empoisonné rongeait peu à peu l'atmosphère de la planète.

— Phobia est une arche d'ombres et de mystères, de secrets enfouis, de paysages grandioses! C'est un monde à part, à l'abri de la convoitise des étrangers…

Caltéis laissa son idée en suspens, car Phobia risquait fort d'être bientôt le théâtre d'une guerre sanglante entre les seigneurs du système solaire et les forces impériales.

— Vous êtes dans le vrai pour une chose, seigneur Vorcom, déclara-t-il. Il faut accélérer nos préparatifs.

— Que pensez-vous faire de l'enfant?

— Elle nous accompagne, naturellement!

En reprenant le bras de son chef de la sécurité, Caltéis pensa qu'il avait eu raison de libérer la fillette aux cheveux orange. En tant que fille du grand Marsor, elle vaudrait son poids en orex, la monnaie impériale, à la prochaine foire aux esclaves de Phobianapolis. À moins, songea-t-il, qu'il ne la garde comme monnaie d'échange, au cas où il tomberait sur les impériaux ou, pire encore, sur les féroces Centauriens de Marsor !

Storine ne pouvait pas s'arracher au spectacle merveilleux de la pluie de feu qui transformait l'océan de vase en plaine de flammes rousses et qui donnait aux parois du château une magnificence sauvage et inquiétante. Elle écoutait le crépitement des gouttes brûlantes et songeait à un couteau dont la lame raclerait les murs. À ses côtés, Eldride avalait son repas qu'elle accompagnait d'un liquide verdâtre très rafraîchissant. Considérant son amie, le visage collé aux grandes vitres, Eldride tenta de lui changer les idées :

— Tu devrais manger encore pour reprendre des forces. C'est dégueulasse mais on en aura besoin, et très bientôt…

Storine avait du mal à retenir ses larmes.

— Nous sommes nourries, logées, habillées, poursuivit Eldride.

Elle exhiba sa nouvelle robe, noir et rouge, faite d'un velours léger très confortable, ainsi que le pantalon et les bottines qui venaient avec.

— Crois-moi, mieux vaut être dedans que dehors.

Storine lui jeta un regard noir.

— Oh! excuse-moi. J'oubliais que Griffo est dehors.

La fillette ferma les yeux… puis elle serra les dents.

— Il va bien. Je le sens, je le sais. Il est triste… et seul… Il m'appelle… il a peur… mais il va bien.

Eldride se mit à rire, car elle s'imaginait mal un lion blanc en proie à la peur.

— Il a beaucoup grandi, c'est vrai, mais ce n'est encore qu'un bébé-lion, la coupa Storine en fronçant ses sourcils orange. Ses parents n'ont pas eu le temps de lui apprendre à chasser. Il a besoin de moi.

— Nous allons nous enfuir d'ici, lui répéta Eldride. Laisse-moi élaborer un plan.

À l'autre bout du dortoir, un cri sema la panique. Reconnaissables à leurs combinaisons noires et à leurs masques d'acier, deux gardes firent irruption et s'emparèrent de

Lâane. D'ordinaire si calme, si douce, si sérieuse, la jeune fille se mit à hurler. Elle tenta de se cacher derrière ses compagnons d'infortune, mais ceux-ci se détournèrent comme si elle était frappée par la peste. Storine se précipita. Leurs mains se cherchèrent. La frayeur qu'elle lut dans les yeux de Lâane l'électrisa.

— Laissez-la ! s'exclama-t-elle en la retenant de toutes ses forces.

Repoussée par ces hommes qui, elle s'en rendait subitement compte, ne parlaient pas, ne faisaient aucun bruit et n'avaient aucune odeur, elle alla percuter une colonne. La porte se referma aussi vite qu'elle s'était ouverte. Le silence se réinstalla sans que personne ne fasse de commentaires.

— Mais enfin, s'écria Storine en dévisageant le groupe de prisonniers, je ne comprends pas ! Qu'est-ce qu'on va lui faire ? Où l'emmène-t-on ?

Les esclaves baissèrent la tête, puis ils regagnèrent leurs quartiers, séparés les uns des autres par des parois faites d'une matière spongieuse aux reflets métalliques.

— Par les cornes du Grand Centaure !

— Il se passe ici des choses mystérieuses, approuva Eldride. Mais tout ce qui m'intéresse, moi, c'est de récupérer l'argon que ces sauvages m'ont volé.

Storine frissonna de colère.

— Tu ne penses vraiment qu'à ça !

Eldride se planta devant elle, la mâchoire crispée, ses fines dents aiguisées comme des sabres, prêtes à mordre.

— Parfaitement ! Fuir sans argon, c'est comme se jeter dans cet océan puant. Il faut avoir le sens pratique dans la vie.

— Tu n'as pas de cœur.

— Je ne te l'ai jamais dit, mais moi aussi, j'ai un père à retrouver, et une mère, et toute une famille qui m'aime ! On va s'enfuir de cette planète. Si tu veux survivre, suis-moi et ne m'assomme plus avec ta morale ridicule !

Au loin, un autre cri retentit.

— Lâane…, murmura Storine, épuisée par la rage et l'impuissance.

À court de carburant, les flancs rongés par la pluie de feu, le scout'air perdait sans cesse de l'altitude.

— Regardez ! s'exclama Solarion. Si nous parvenons à gagner ce rivage, nous sommes sauvés !

Protégés de la colère du ciel par une étoffe ignifugée qu'ils tentaient malgré les vents de maintenir sur leurs têtes, les deux voyageurs n'en menaient pas large.

Depuis des heures qu'ils erraient à la surface de cet océan de lave, c'était la première fois qu'ils apercevaient une terre.

— Je crains, maître Solarion, que votre quête ne s'achève ici ! bredouilla le pilote, exténué, la gorge pleine de soufre.

Solarion tendait l'étoffe protectrice à bout de bras. Son expédition tournait en effet au désastre. Voyant que l'appareil frôlait par moments la crête des vagues enflammées, il s'écria :

— Poussez sur les gaz, Priax ! Quelques centaines de mètres et nous atteindrons la côte.

— Maître Solarion… je n'en peux plus…

L'homme glissa de son siège. D'une main de fer, le garçon le maintint aux commandes en criant de douleur, car des gouttelettes de feu lui brûlaient le cuir chevelu.

— Restez avec moi, Priax, c'est un ordre !

— Je croyais que vous ne vouliez plus en donner, plaisanta le vieux serviteur.

À l'instant où le scout'air allait plonger dans l'océan de vase enflammée, la carlingue frappa une nappe de rochers qui délimitait l'accès au rivage. L'appareil rebondit à plusieurs reprises, puis termina sa course contre un bloc de granite. Éjectés par la force de l'impact, les deux hommes tombèrent à la renverse : Solarion dans le feuillage dense et cendreux d'un buisson providentiel ; Priax sur un tapis de roches léché par les vagues incandescentes. Sans avoir perdu connaissance, Solarion sauta au sol, s'empara de la pièce de toile ignifugée et se précipita vers son compagnon. Celui-ci était aspiré par la vase brûlante qui submergeait déjà la moitié de son corps.

— Priax ! Priax !

— Maître Solarion…

Un violent coup de vent emporta la pièce protectrice. Mais Solarion, qui retenait son compagnon à deux mains, ne sentait plus la douleur. Il pleurait, il ordonnait, il encourageait…

— Votre… Votre…

— Ne dites rien. Restez avec moi, Priax, accrochez-vous !

Mais le courant ne laissait aucune chance à l'homme d'échapper à son tombeau liquide. Tressaillant des pieds à la tête, le bas du corps avalé par les flammes, Priax trouva la force de décrocher de son poignet un fin bracelet de métal serti d'une émeraude, qu'il remit à son pupille. Il bredouilla des conseils, des mots inaudibles que Solarion, concentré dans le sauvetage de son compagnon, n'entendit pas. Les joues trempées de larmes, l'adolescent ne cessait de s'accuser, sans se rendre compte que Priax disparaissait peu à peu : d'abord la taille, puis le ventre, la cage thoracique… Quand une vague plus puissante que les autres le submergea, l'homme avait cessé de gémir depuis longtemps.

Alors, seulement, Solarion se rendit compte qu'il était seul et perdu sur une planète hostile.

5

La forêt
qui ne brûlait pas

Toute la nuit, des cris angoissants avaient résonné dans les couloirs du château. À bout de nerfs, Storine s'était endormie contre Eldride en pensant à Griffo et en rêvant que Marsor le pirate faisait sauter les murs de sa prison. Lorsqu'elle s'éveilla le lendemain matin, allongée sur la petite couche, Eldride avait les yeux grands ouverts. À voir les plaques sombres sur ses joues, Storine devina qu'elle avait pleuré. Soudain, une furieuse envie de vomir la força à se lever. Elle frissonna en sentant la pierre glacée sous ses pieds nus. Heureusement, les latrines n'étaient pas loin.

Tout était silencieux, maintenant, dans le dortoir. Une lumière rougeâtre pointait timidement par les baies vitrées. Storine contempla la beauté sanglante de ce lever de soleil phobien sur l'océan de boue, et ses vagues épaisses, aux reflets ocre vert, encore fumantes après l'orage de feu. Une silhouette, dans son dos, la fit sursauter.

— Tu ne trouves pas que c'est trop silencieux, ici, lui demanda Eldride d'une voix un peu sourde.

La fillette, dont les sens étaient pourtant très aiguisés, ne l'avait pas entendue s'approcher. Pourquoi se sentait-elle si fébrile ? Était-ce ce silence pesant après les cris de la nuit ? Ou le fait qu'elle souffrait d'être séparée de Griffo ?

— J'ai fait le tour du dortoir, poursuivit Eldride. Il ne reste plus que cinq personnes. Et tu sais, cette nuit…

Elle posa une main sur le bras de son amie. Storine eut un vif mouvement de recul. Cette nuit, elle avait fait un rêve étrange. Elle était avec un garçon. Elle avait cru qu'il s'agissait de Santorin, mais ce garçon ne devait pas avoir plus de quatorze ou quinze ans. Ils marchaient ensemble sous les bourrasques d'un vent glacial. Pour lui faire oublier le froid, le garçon lui chantonnait une mélodie très douce à l'oreille. Storine le voyait enfin, celui qui l'avait soigné dans son cachot ! Un adolescent blond, souriant, tendre, un peu timide, avec de grands yeux bleus. Un garçon beau comme un soleil ! Elle avait senti une agréable chaleur l'envahir.

— Sto ! Tu m'écoutes ?

Eldride la secoua sans douceur.

— Le vieux, avec ses croûtes au visage, les jumelles marbrées, le garçon musicien tout bleu... Ils ont disparu ! Ces cris, cette nuit... Je suis sûre qu'il y a d'autres dortoirs comme le nôtre. Pharos me disait que cette planète était louée par le Conseil des Douze à un groupe de marchands d'esclaves. Ce château appartient sûrement à l'un d'eux.

— Griffo..., murmura Storine, le front contre la vitre.

— Oublie Griffo une minute et occupe-toi un peu de nous !

Un éblouissement, suivi d'une violente crampe intestinale, arracha un râle à la fillette. Eldride la prit dans ses bras.

— C'est normal, Sto. Moi aussi, j'ai vomi toute la nuit. C'est cette planète qui nous rend malades. Son atmosphère, sa force de gravité. Il faut que notre organisme s'habitue.

Une silhouette recroquevillée contre un des piliers attira leur attention. Le vieillard, celui qui la veille leur avait parlé des ty-phrouns, gémissait doucement. Tandis qu'El-dride réfléchissait à ces disparitions suspectes, Storine alla s'asseoir près de lui.

— Il a des moyens pour nous arracher l'âme du corps, bredouilla l'homme, les yeux dans le vague.

— Qui ça?

— Le Sérénissime a de grands pouvoirs. Il pourrait vous soigner, mais il ne le fera pas.

Storine sentit la colère monter en elle.

— Que veut-il de nous?

Le prisonnier éclata de rire jusqu'à s'en-rouer, puis il se traîna au sol comme un dément. Le visage d'Eldride, marqué par ses récentes brûlures, surgit devant les yeux de la fillette.

— Sto, les hommes en combinaison noire qui nous ont amenées ici sont venus cette nuit. Je croyais rêver, mais c'était eux. Ils ont emmené les hommes et les femmes l'un après l'autre. Ensuite, j'ai entendu hurler dans tout le château.

Rouges comme les pupilles incandescentes de Griffo, les yeux d'Eldride avaient toujours impressionné Storine. Mais la peur qu'elle y lut la fit frissonner de plus belle.

— J'ignore ce qui arrive à tous ces gens, mais moi, ils ne me prendront pas vivante, décida Eldride.

Un instant plus tard, les portes s'ouvraient sur quatre hommes en uniforme noir…

Griffo n'aimait pas cette planète aux odeurs de vase et de soufre. Depuis sa séparation d'avec sa petite maîtresse, un vide avait envahi son corps. Il se rappelait les savanes rousses et giboyeuses d'Ectaïr, sa planète natale. Il revoyait Griffon et Croa, ses parents ; ses nombreux frères et sœurs avec lesquels il se disputait la viande sanguinolente des gronovores. Et par-dessus ces images déjà anciennes, le visage de Storine. Sa présence si rassurante pour le jeune lion blanc qu'il était encore. Son odeur un peu sucrée d'humaine, mais aussi, imprégné dans chacun des pores de sa peau, l'esprit ancestral de la race des lions blancs.

Depuis que Storine avait été enlevée, Griffo parcourait ces paysages embrumés et inquiétants à sa recherche. Comme il ne disposait d'aucune piste, il se fiait à son instinct. Il savait qu'on lui avait fait du mal. Il sentait la douleur de Storine. Et il en tremblait de rage. Quand l'orage de feu avait éclaté, il s'était réfugié sous le couvert d'une forêt peuplée de toute une faune habituée aux colères du ciel : des animaux dont il ne connaissait ni les odeurs, ni le langage, ni les habitudes de chasse. La faim, bientôt, l'avait tenaillé. Griffo savait qu'il appartenait à une race supérieure. Tous devaient le craindre. Nul ne pouvait lui résister.

Sous les frondaisons, il était à l'abri des flèches de feu qui tombaient du ciel. La température tantôt chaude, tantôt glaciale près du sol, était supportable. Seul l'air ambiant lui piquait un peu le nez et lui brûlait l'intérieur des flancs. Insensible à la peur, il s'était mis en chasse et avait débusqué des animaux à la carapace dure, très rapides, aux yeux craintifs. Épouvantés, ils se terraient. Griffo n'avait pas eu besoin de beaucoup d'efforts pour les tuer. Encore maladroit, seul leur dépeçage lui avait posé un problème. Sa faim avait fait le reste.

Les pattes lourdes, le ventre plein, une puissante envie de dormir s'était emparée de lui. Mais il ne fallait pas s'arrêter. Storine n'était pas si loin, maintenant. S'il ne sentait pas encore sa présence, il voyait dans sa tête un océan de vase bouillonner sous la pluie de feu. Il savait qu'il voyait ce paysage par les yeux de sa jeune maîtresse. Son cœur bondit de joie en devinant qu'elle pensait aussi à lui, qu'elle s'inquiétait pour lui, qu'elle se sentait seule et effrayée loin de lui. Oubliant presque qu'il se trouvait au cœur d'une forêt où bruissaient des créatures plus dangereuses que celles dont il avait fait son repas, il tomba précisément sur l'une d'entre elles…

Ayant marché pendant des heures, Solarion était abruti de fatigue. Après l'accident, il avait rassemblé ce qui restait de son précieux matériel de survie. Puis, brûlé par la pluie de feu, il s'était enfoncé à l'aveuglette sous les frondaisons d'une forêt dont les végétaux semblaient à l'épreuve des flammes. Pleurer ne servait à rien. Il fallait qu'il se ressaisisse. Il réalisait enfin son inconscience, sa folie ! Regarder en arrière ne l'aiderait pas à survivre sur Phobia. Les reproches non plus. Il fallait être fort. N'était-ce pas pour apprendre le courage qu'il s'était aventuré sur cette planète hostile ? Il fit une grimace. Si le courage était un des aspects de sa « quête », la raison principale était tout autre…

Équipé d'un stabilisateur en apesanteur, il n'avait aucun mal à transporter ses trois coffres et ses deux sacs ignifugés. La commande, fixée à la ceinture de son costume de randonnée, pouvait tenir dans sa main. Elle actionnait la petite plate-forme métallique rétractable sur laquelle il avait chargé son matériel. Solarion n'avait à déployer aucun effort physique pour que celle-ci le suive docilement à deux mètres de distance. Quand il s'arrêtait, elle s'arrêtait ; quand il changeait de direction, elle lui obéissait. Mais le garçon, peu habitué à marcher longtemps dans un environnement aussi menaçant, sentait son cœur battre à grands coups. Pour se donner du courage, il enclencha le mini-enregistreur magnétique attaché à sa ceinture, et se mit à enregistrer à haute voix ses notes de voyage :

« Jour 2 : Priax, mon cher vieux compagnon, est mort, aspiré par la mer de vase, et… » Il laissa sa phrase en suspens, la gorge serrée par le remords. Puis ses traits s'adoucirent. D'un naturel optimiste, Solarion s'efforçait toujours de voir les événements sous un angle positif.

« Phobia est à la hauteur de ses légendes : austère, dangereuse, imprévisible. Chaque pas est une aventure. Malgré l'orage qui gronde au-dessus de ma tête, aucune goutte de feu ne touche le sol. Cette forêt est un vrai palais des ténèbres. »

Il prit dans un de ses sacs un petit casque, s'en ceignit le front, rabattit la visière infrarouge, poursuivit son compte rendu en prenant garde aux trous dont le sol, parsemé de racines tortueuses, était criblé.

« Ça sent le caoutchouc épicé. Par la barbe du Grand Unificateur ! Si ces végétaux résistent aux flammes, en revanche, ils dégagent une atroce moiteur qui, mélangée à la puanteur ambiante, me donne envie de vomir. Je n'ose penser à ce que diraient les membres de ma famille s'ils me voyaient, marchant dans une forêt bruissante de mille dangers, sur cette planète lugubre. »

Il rit tout haut, mais il savait bien que ce rire n'était qu'une façon de tricher avec ce sentiment d'abandon qui l'étreignait pour la première fois de sa vie. Comme l'air lui brûlait toujours les poumons, il en déduisit que les pilules prises avant d'atterrir ne produisaient pas l'effet escompté. Il faut dire que, selon son habitude, il n'avait pas lu la notice jusqu'au bout !

« Vais-je périr, victime de mon entêtement, comme dirait ma noble grand-mère !

Victime de mon insouciance? Ou de (il le réalisa soudain) mon égoïsme?»

Songeant à quel point il pouvait être ingrat quelquefois («Malgré moi, j'ai toujours eu un bon caractère!»), il s'arrêta net. Il songea confusément que cette forêt touffue et oppressante, dans laquelle il s'était bel et bien égaré, lui semblait de moins en moins amicale. Il trébucha sur une racine plus grosse que les autres et s'étala dans un trou de vase. Son matériel bascula à son tour, déchargeant son contenu sur le sol humide. Revenu de ses émotions, Solarion pesta. Frissonnant dans sa combinaison gluante de vase, il faillit hurler de désespoir, car dans sa chute, il avait perdu son casque à vision infrarouge.

«Je suis dingue, dingue, dingue! s'injuria-t-il. Je pourrais me trouver sur les plus belles planètes de l'empire, entouré des plus délicieuses jeunes filles; Priax pourrait m'apporter mon petit déjeuner avec son air si cérémonieux! Mais non, me voilà ridicule et trempé comme un rat, perdu dans ce trou… perdu!»

Il ricana de son trait d'humour. Mais quand il aperçut les yeux rouges qui brillaient dans le feuillage, son cœur lui remonta dans la gorge. Sa main glissa doucement vers sa ceinture. Sa respiration se fit haletante. Les yeux, comme deux rubis incandescents, flottaient à quelques pas devant lui. Croyant toujours enregistrer ses notes de voyage, il parla à haute voix :

« Ces yeux appartiennent sûrement à un animal de légende. Sur Phobia, il y en a de terribles à ce qu'on dit… »

Sa main s'acharnait sur la pochette en cuir contenant son pistolaser, qui refusait de s'ouvrir. En même temps, il avait le corps mouiller par la transpiration. « L'odeur âcre de cette sueur, songea-t-il avec cynisme, ne manquera pas d'ouvrir l'appétit de ce sympathique monstre qui va m'avaler tout rond. » Il avait l'impression qu'une force invisible, intelligente, implacable, fouillait son cerveau. À la recherche de quoi ? Les veines de son front se nouèrent. Il entendit son sang bouillonner dans sa tête. Ses nerfs se crispèrent. Son cœur se tordit, comme si deux crocs le lui arrachaient de la poitrine. Tremblant de tous ses membres, il se laissa glisser au sol. Lui qui était promis à une glorieuse destinée, Il allait mourir là, aussi pitoyable qu'un gronovore à l'abattoir.

Derrière lui, les fourrés se mirent à bruire. Un souffle pestilentiel lui hérissa les cheveux.

Une langue visqueuse se projeta dans sa direction tandis que les yeux rouges, devant lui, clignèrent. L'instant d'après, une forme blanche bondit au-dessus de sa tête. Un concert de grognements s'ensuivit, mêlés à des piétinements sauvages.

Solarion se retourna. Ses yeux s'étant habitués à l'obscurité, il assista, pétrifié, au combat qui opposait un jeune lion blanc à une espèce de grand lézard à écailles. Il vit la gueule béante de l'amphibien s'ouvrir, tandis que les crocs du fauve déchiraient la peau fragile de sa gorge. Un liquide nauséabond s'écoula de la plaie sur les racines fumantes. Recroquevillé dans son trou de vase, Solarion s'évanouit.

Les hommes qui s'étaient emparés des deux filles n'avaient rien d'humain. «Rien d'humain», se répéta Storine tandis qu'elles étaient traînées dans les corridors du château. La fillette les avait mordus et griffés jusqu'au sang ; Eldride n'arrêtait pas de les traiter de tous les noms. Ou bien leurs combinaisons étaient vraiment solides, ou bien elles avaient affaire à des androïdes. Pourtant, ils semblaient faits de chair et d'os. Storine ne comprenait plus.

Elle ne comprit pas davantage quand les quatre hommes s'écroulèrent soudain comme des pantins devant un large escalier de marbre dont les marches s'enfonçaient dans les entrailles du château. De nombreuses statues grimaçantes, aux yeux étincelants, ornaient les pilastres de pierre. En proie à une crise de nerfs, Eldride ne cessait de bourrer les gardes évanouis de coups de pied.

— Attends ! lui dit Storine en s'agenouillant. Je veux en avoir le cœur net.

Elle commença à dévisser le casque miroir qui recouvrait la tête d'un des gardes.

— Des pas ! s'exclama Eldride.

— J'ai presque fini...

— Je te dis qu'on vient !

Sans plus attendre, Eldride dégringola quelques marches. Deux sentinelles surgirent du corridor ; Storine n'eut d'autre choix que de fuir, à son tour. Des odeurs complexes de vieux murs, de soufre et de plantes aquatiques planaient dans l'escalier. Arrivée au bout d'une étroite galerie percée, d'un côté, par de hautes fenêtres en ogive, Eldride s'arc-bouta sur une porte à double battant.

— On est coincées ! s'exclama-t-elle.

Une voix autoritaire résonna à l'autre extrémité de la galerie :

— Cherchez ! Elles ne peuvent être bien loin !

— Là !

Storine et Eldride s'étaient écriées en même temps. Une sorte de poterne s'ouvrait dans le mur décrépi, rongé par l'enchevêtrement de plantes grimpantes. Une forte odeur d'humus envahit les narines sensibles de Storine.

— Attends…

Trop tard ! Eldride poussait le vantail de cette porte dérobée. Le lierre craqua furieusement. Elles furent toutes deux happées par un étroit escalier à vis qui plongeait dans un gouffre sombre et humide.

Quand le seigneur Vorcom atteignit la poterne, il ne put s'empêcher de sourire. Voulant échapper à leur sort, ces filles stupides se précipitaient vers un danger encore plus grand. Il se félicita intérieurement. C'était bien dans cette direction qu'il les avaient forcées à s'enfuir quand il avait « désactivé » les gardes de Caltéis. Le Sérénissime, cet horrible grippe-sou, ne supportait pas de « gâcher la marchandise », comme il disait. Mais deux esclaves de moins ne feraient aucune différence sur son chiffre d'affaires. Vorcom se sentit soulagé d'un grand poids. Désormais, la fille de Marsor ne pourrait plus conduire les Centauriens jusqu'à lui.

La première odeur identifiable fut celle du sang. Storine la connaissait bien pour avoir assisté, dans les brousses d'Ectaïr, à de nombreuses battues. Les lionnes du clan ramenaient le gibier. Les mâles se servaient. Suivaient les femelles. Puis, enfin, les lionceaux, quand il restait encore de quoi manger. Storine accompagnait souvent Griffo et une fois, pour essayer, elle avait goûté à la viande crue de gronovore. Mais dans cette galerie souterraine à l'air raréfié, elle savait bien que cette odeur de chair était une odeur d'homme…

De loin en loin, des braseros éclairaient d'une lueur spectrale les parois de pierre et de lichen. Le sol grouillait de fines racines et d'étranges bestioles visqueuses.

— Je ne crois pas qu'on puisse sortir du château par ici, murmura Storine.

Sa voix cassée, presque chuchotante, fut reprise par l'écho. La fillette s'attendait à se faire rabrouer ; elle se cogna à sa camarade.

— Pourquoi tu t'arrêtes ?

— Nous ne sommes pas seules, bredouilla sa compagne.

Storine sentit le danger. Une masse d'air glacial les frôla, puis une autre, et encore une autre. Le cri d'Eldride se répéta à l'infini.

— Rebroussons chemin !

Mais déjà les braseros s'éteignaient, les uns après les autres, les privant de la seule lumière qui pouvait les guider. Une poigne osseuse se referma sur la gorge de Storine. Eldride fut plaquée contre une paroi.

— Arrière ! Arrière ! s'écria alors une voix surgie de nulle part.

Un sabre à la lame lumineuse s'abattit à droite, à gauche. Des grognements de douleur retentirent. La lumière dégagée par l'arme aveugla les filles. Entre deux clignements de paupières, Storine crut voir s'enfuir des hommes atrocement mutilés. Eldride gémissait, répétait qu'elle manquait d'air, qu'elle allait mourir. Le sabre qui avait jeté dans la galerie une vive lumière s'éteignit.

— Qui est là ? demanda Storine en reprenant son souffle.

— Je suis le maître de ces lieux maudits.

La voix était anormalement grave, comme forcée. Storine fit un pas en avant dans l'obscurité et buta contre leur sauveur. S'accrochant à lui pour ne pas tomber, elle s'exclama :

— Je te reconnais ! Tu es celui qui n'a qu'un bras. C'est toi qui as soigné mes brûlures !

Comme la première fois, le garçon recula.

— N'approche pas. Ne m'approchez pas !

Storine devina qu'il les menaçait de son sabre éteint.

— Qui sont ces monstres qui nous ont attaquées ?

— Les hommes sans âme, répondit le garçon.

Devant leur silence stupéfait, il éclata de rire.

— Le Sérénissime aime faire des expériences.

— Puisque tu es notre ami, dis-nous comment sortir de là.

— Tu t'appelles Storine, n'est-ce pas ?

— Qui es-tu ?

— Tu es la fille de Marsor le pirate !

— Il faut que je sorte d'ici, gémit Eldride en s'accrochant à son amie.

Elle tremblait si fort que Storine prit peur. Se pouvait-il que cet endroit rende fou ?

— Comment sortir ? répéta la fillette.

Au frottement de ses chaussures sur la roche, Storine devina que le garçon s'éloignait.

Comme il ne semblait pas craindre les ténèbres, Storine se dit qu'il devait bien connaître cette galerie ou alors qu'il pouvait voir dans l'obscurité. Les sens en éveil, elle le suivit en prenant garde de ne pas se laisser distancer. Cet étrange garçon, dont elle n'avait pas vu le visage, était sûrement celui de son rêve.

— Ton amie ne supporte pas l'obscurité, fit remarquer l'adolescent en se moquant. Je l'entends claquer des dents.

Ils arrivèrent bientôt à une fourche. Un soupirail s'ouvrait dans la roche.

— Derrière, il y a un escalier à vis, comme celui que vous avez emprunté tout à l'heure. En haut, prenez le couloir de droite jusqu'à une grande porte de bronze.

— Comment t'appelles-tu ? demanda Storine en cherchant la main du garçon.

Elle sentit qu'il se crispait.

— Partez, maintenant…

— Merci, merci pour tout ! lui dit-elle encore en se glissant dans l'ouverture entre les roches.

Quand il fut certain que les deux filles étaient loin, le garçon eut un rire sinistre.

— Je ne suis l'ami de personne, murmura-t-il.

6

L'arracheur d'âmes

Caltéis le marchand était un passionné. Son métier, le seul qu'il ait jamais connu, lui tenait à cœur. Il payait des mercenaires pour sillonner l'espace et, plus particulièrement, l'empire d'Ésotéria, pour qu'ils lui ramènent de beaux spécimens humains. Personnellement, il les préférait jeunes, car ils n'en étaient que plus malléables. La demande était grande au sein même de cet empire orgueilleux qui prétendait aujourd'hui faire la guerre aux gens de son clan.

« Oui, se dit Caltéis, ceux-là mêmes qui nous attaquent possèdent des esclaves de tous âges, de toutes races, et c'est moi qui les leur vends. Ils les font passer pour des employés, pour des membres de leur famille. Ce sont eux, les monstres. S'ils ne m'achetaient plus d'esclaves, je leur vendrais autre chose : des feuilles de motya, par exemple, qui servent à guérir les fièvres mais qui détruisent les cellules du cerveau, si on en abuse. »

Mais le vieil homme avait beau dire, la marchandise qu'il préférait, c'était l'homme. Et la femme. Les gens. Chaque race avait ses particularités, ses forces, ses faiblesses, sa valeur en orex, la monnaie impériale d'Ésotéria. Accompagné par deux de ses gardes casqués, il pénétra dans un hangar situé dans le sous-sol de son château. De nombreuses machines automatisées chargeaient d'étranges cercueils de métal à bord de trois robustes transporteurs terrestres aux flancs métalliques peints en vert kaki.

Caltéis fit une grimace en considérant ses beaux appareils, maquillés pour se fondre dans les marécages de Phobia.

— Sérénissime !

Vorcom se mit au garde-à-vous. Le vieillard était de mauvaise humeur. Sa fine barbiche verte, qu'il teignait et taillait lui-même en pointe, accentuait son visage émacié. Quatre de ses gardes avaient été agressés alors qu'ils conduisaient les deux nouvelles filles à ce qu'il appelait avec poésie « la salle d'extraction ». En quarante ans de métier, cela n'était encore jamais arrivé.

L'ancien pirate recula d'un pas.

— Je poursuis les recherches, Sérénissime. Rassurez-vous, elles n'iront pas loin.

— Je vous fais confiance, seigneur Vorcom, répondit Caltéis de sa voix fluette.

Il reprit sur le ton de la conversation :

— Savez-vous que les forces impériales et l'alliance des princes des douze planètes s'affrontent, en ce moment même, dans le système stellaire.

— Je crains, Sérénissime, que l'empire ne l'emporte.

— La question est de savoir combien de temps il leur faudra pour vaincre les princes phobiens et envahir notre planète.

Autour d'eux, les bras mécaniques empilaient les cercueils les uns sur les autres. De temps en temps, Caltéis se penchait sur l'un d'eux, vérifiait une plaque d'identité fixée sur le couvercle. Il semblait alors se perdre dans une profonde réflexion. Les cales des transporteurs se divisaient en trois sections, chacune correspondant à un niveau de qualité différent.

— J'ai décidé, reprit Caltéis, que cette année nous ne gagnerions pas Phobianapolis par la mer. Avec les turbulences dues aux taches solaires, les courants seront décuplés.

De plus, advenant une invasion de Phobia par les impériaux, nous serions plus vulnérables.

— Vous ne pensez tout de même pas à…

— J'ai choisi les montagnes obscures, coupa le marchand.

Plissé comme une vieille pomme, son visage prit un air bon enfant, malgré ses yeux ambrés, légèrement globuleux.

— Ne craignez rien. Ces appareils, quoique d'un modèle ancien, m'ont servi par le passé à sillonner le continent. Ne croyez pas les autochtones qui prétendent que les montagnes sont infranchissables. Douze mille kilomètres de massifs montagneux et de sommets découpés en dents de scie nous séparent de la capitale. En partant plus tôt que prévu, nous arriverons à temps pour la grande foire annuelle. Oh! s'écria-t-il soudain en se penchant sur un dernier cercueil. Celui-ci, je n'en veux pas.

Il se baissa, ajusta ses lunettes octogonales et composa le code d'ouverture digitale. Le couvercle bascula sur lui-même, révélant un homme entre deux âges, allongé en position fœtale sur une étoffe sombre. Il semblait plongé dans un profond sommeil.

— Vous souvenez-vous de cet esclave, seigneur Vorcom ?

L'ancien pirate se rappelait fort bien des problèmes que cet homme leur avait causés. Une force de la nature. Un faiseur de révoltes.

— Invendable ! déclara Caltéis. Veuillez le sortir de son cocon et le mettre où vous savez.

Vorcom frémit en pensant au couloir des damnés.

— Bien, Sérénissime.

Il se retira en claquant des talons. Le marchand le suivit des yeux. Ce pirate renégat était mille fois plus dangereux, menteur et lâche, que celui qu'il emportait pour le livrer aux mangeurs de chair humaine…

Storine et Eldride suivirent scrupuleusement les conseils du mystérieux garçon, et débouchèrent dans un dédale de petites salles basses de plafonds, encombrées de machines ronflantes et d'une série de bulles en verre, reliées à une batterie de tuyaux multicolores.

— Qu'est-ce que c'est que ça ? s'exclama Eldride, qui avait repris quelques couleurs.

Storine mâchonna distraitement le petit grain de beauté qu'elle portait sur la lèvre inférieure. Cet endroit lui donnait la chair de poule. Deux gardes entrèrent, traînant avec eux une jeune esclave hystérique qui donnait des coups de pied, mordait, griffait et hurlait. Prise de court, les filles se cachèrent derrière un compresseur qui tourbillonnait sur lui-même à grande vitesse. Il régnait dans la pièce un mélange d'éther et de produits chimiques.

La jeune esclave fut poussée sur une plaque de métal ronde. Une bulle en verre surgit des rainures dessinées au sol, bascula et l'emprisonna. Storine étouffa un cri de stupeur en reconnaissant Lâane, cette jolie fille aux cheveux blanc saphir qui avait été si bonne pour elle. Les deux gardes se postèrent chacun devant une console bourdonnante. Soudain, une odeur de fruits et de fleurs se mélangea à celle des médicaments. Caltéis fit son entrée, accompagné des lourds effluves de son parfum de femme. Il secoua ses mains chargées de bagues et se posta devant la console centrale.

Il réglait en personne les dernières étapes de ce qu'il nommait avec romantisme « l'endormissement nuptial ». La jeune fille cognait la vitre, mais ses cris et ses pleurs, complètement assourdis, n'atteignaient pas les oreilles de Caltéis. Il s'en félicitait, d'ailleurs. Très sensible de nature, il n'avait, en effet, jamais supporté la violence. Habitué à cette manœuvre délicate, il pianota sur la console et alluma une série de formes géométriques de différentes couleurs. Ayant branché le haut-parleur installé dans la bulle, il prit un ton paternel :

— Ma chère Lâane, vous voici donc devant moi. Croyez bien que ce procédé me répugne, mais les circonstances ne me laissent, hélas, pas le choix. Le temps m'est compté.

Recroquevillée contre Storine derrière le compresseur, Eldride sentait monter en elle les signes avant-coureurs d'une nouvelle crise de nerfs.

— Il faut que je sorte d'ici, murmura-t-elle à l'oreille de Storine.

— Par les cornes du Grand Centaure, retiens-toi !

Eldride, qui ne comprenait pas pourquoi elle était devenue soudain claustrophobe, se mordit les lèvres ; son corps se mit à trembler.

— Cet appareil, poursuivait Caltéis, sépare l'âme du corps. Cela peut se faire en douceur, si vous consentez, ou bien par la force, si vous résistez. Choisissez !

Lâane cessa de s'abîmer les mains. Elle se laissa glisser sur le sol métallique.

— À la bonne heure, reprit Caltéis avec soulagement.

Cette douce jeune fille, dont le dossier mentionnait qu'elle était douée pour les sciences, lui rapporterait gros. Il convenait de la traiter avec tous les égards. Cette mise en sommeil était nécessaire afin de réduire les coûts d'entretien et de transport de la « marchandise ». La traversée du continent s'annonçait difficile. En bon gestionnaire, Caltéis ne voulait pas ajouter des problèmes de discipline et de sécurité aux multiples dangers qui attendaient son expédition. Sachant que c'était la dernière fois qu'il s'adressait à elle, il la salua et lui souhaita bonne chance dans sa nouvelle vie.

— Je promets de ne pas vous laisser entre de mauvaises mains, déclara-t-il avec bonhomie, en activant une seconde série de codes digitaux.

La bulle vitrifiée s'emplit d'une fumée écarlate. D'abord, la jeune fille tenta d'échapper à ce gaz. Puis, respirant calmement, elle toucha de ses deux mains les signes cunéiformes qu'elle portait au front. « Sans doute fait-elle une prière à son dieu », pensa Storine.

Apaisée, Lâane dévisagea le marchand jusqu'à ce que ses beaux yeux se ferment. La pureté de son regard émut Caltéis au plus profond de son âme. Il avait vu des hommes et des femmes le haïr pour ce qu'il leur faisait. Tant de créatures se battaient jusqu'au bout, ignorant qu'elles se causaient ainsi des souffrances inutiles. Tout au contraire, Lâane remettait sa vie entre ses mains. Et, surtout, elle lui pardonnait. Des larmes coulèrent sur les joues creuses du marchand.

— Je vous le promets, répéta-t-il à l'instant où la jeune fille perdait connaissance.

Un cri étouffé tira Caltéis de son émerveillement.

— Qu'est-ce que cela ? s'exclama-t-il en tressaillant.

Eldride, qui n'en pouvait plus, s'était trahie malgré elle. Les filles furent jetées aux pieds du vieil esclavagiste. Au même instant, Vorcom pénétra dans la pièce.

— Je ne vous félicite pas, seigneur Vorcom. Je vous charge d'une tâche dont je m'acquitte très bien moi-même, on dirait.

L'ancien pirate rajusta nerveusement son respirateur artificiel. Comment ces filles avaient-elles pu échapper aux mangeurs de chair ?

— Mesdemoiselles, leur dit Caltéis, vous arrivez à temps. Prenez place, je vous prie.

Tandis que deux gardes couchaient soigneusement Lâane dans un cercueil matelassé de tissus précieux, un autre poussa les filles sur la plaque de métal. La bulle en verre bascula sur elles. Dans sa tête, Vorcom étudiait toutes les hypothèses. S'échapper du couloir des damnés était impossible. À moins que… Il s'approcha de la bulle et regarda Storine, dont les yeux verts, sous l'emprise de la colère, viraient au noir. Cette fille de Marsor avait été, comme sa compagne, attaquée par les typhrouns géants. Par contre, contrairement à son amie, elle ne gardait aucune cloque. Aucune. Alors que dans son cachot, lors de son interrogatoire, ses brûlures étaient bien visibles…

Considérant que les deux filles avaient «écouté aux portes», Caltéis ne prit pas la peine de leur expliquer quoi que ce soit. Elles devaient avoir retenu la leçon. Par contre, il douta que celles-ci soient aussi tolérantes que la douce Lâane. Elles le haïraient. Cette certitude le peinait tant qu'à l'instant de libérer le gaz, il ferma les yeux.

— Que se passe-t-il? On dirait que…, s'exclama le seigneur Vorcom.

— Que dites-vous ? l'interrompit Caltéis.

Puis il se rendit compte par lui-même. La commande avait bel et bien été actionnée, mais le gaz n'avait pas jailli.

— Trahison ! s'exclama le vieux marchand.

— Non, changement de programme, lui répondit un adolescent.

— Que signifie, mon fils ?

7

Éridess

Solarion se baignait dans un étang paisible aux eaux caressantes. Le sentiment de plénitude qui l'étreignait jusqu'aux larmes ressemblait à s'y méprendre à un de ses plus beaux souvenirs d'enfance. Une lumière verte l'inondait des pieds à la tête. Il se demandait d'où elle venait quand il se rendit compte qu'une jeune fille l'observait, et que tout ce vert provenait de la couleur limpide de ses yeux.

Il s'éveilla en sursaut. La différence entre son rêve et la brutale réalité lui serra la gorge. Combien de temps était-il resté inconscient ? Loin au-dessus de lui, les épaisses frondaisons s'allumaient d'une timide lumière écarlate : sans doute le lever du jour. La forêt avait pris des allures de cathédrale végétale. La forte

 99

odeur de caoutchouc et de gaz s'était atténuée, remplacée par la fragrance amère des plantes aquatiques. Des sifflements sinistres, probablement des trilles d'oiseaux, résonnaient d'arbre en arbre. Solarion se leva péniblement. Il vérifiait son chargement quand un effluve de chair en décomposition lui donna la nausée.

Le lézard géant qui l'avait attaqué gisait sur le flanc et baignait dans un liquide poisseux. Avait-il imaginé l'intervention du lion blanc ? Ces fauves, il le savait, vivaient presque exclusivement sur la planète Ectaïr, située à plus de cinq années-lumière du système de Phobia. Il se rappelait les yeux rouges du jeune lion. Il chercha son journal électronique dans la poche ventrale de sa combinaison et reprit machinalement l'enregistrement de ses notes de voyage :

« Les lions blancs possèdent une arme mentale redoutable appelée "glortex", dont la puissance varie d'un individu à l'autre. On raconte qu'un lion-roi peut tuer son adversaire à distance, rien qu'en le fixant dans les yeux. (Il palpa ses tempes encore douloureuses.) Non, je n'ai pas rêvé… »

Assis sur un rocher, Solarion vérifia le mécanisme de sa plate-forme antipesanteur, puis il tira d'un de ses bagages deux barquettes alimentaires qu'il se mit à grignoter. Un moment, il contempla à son poignet le bracelet métallique que lui avait remis Priax en mourant. Il repensa au but de son voyage sur Phobia. À sa quête. Une peur affreuse lui retourna les entrailles : il fouilla avec frénésie dans un de ses sacs et en sortit un vieux livre à la reliure bourgogne, sertie d'une armature en argent rongée par les siècles. «*Le Livre de Vina*, songea-t-il. Que je suis bête ! Je ne peux pas le perdre.» Cette pensée l'aida à reprendre confiance.

Un tressaillement dans les taillis le glaça de frayeur, et il pensa que, décidément, il était plus à l'aise dans un salon qu'en pleine forêt. Une ombre blanche se profila sur les longues palmes végétales. Le regard rouge du fauve accrocha le sien. Pour la seconde fois, Solarion chercha de la main la pochette dans laquelle se trouvait son pistolaser.

«Que peux-tu bien fabriquer sur cette planète, l'ami ?» bredouilla-t-il en se disant qu'il était stupide de parler à un lion blanc.

Il songea à sa grand-mère qui aimait beaucoup ces bêtes-là. Elle en parlait avec ferveur. Son propre tuteur, un de ses oncles dont la vie était consacrée au dieu Vinor, était

 101

aussi tombé sous leur charme. «Tous des cinglés!»

Le jeune lion blanc était magnifique. Sa robe blanche, encore tachetée de poils gris, laissait voir la forme de ses muscles tendus. Il devait avoir, quoi! un an. Un peu plus? Afin de ne pas se laisser envahir par la peur, Solarion détailla le fauve. «Déjà un mètre quarante au garrot, deux mètres de long, plus la queue. Une tête solide. Ses oreilles pendent un peu. Je crois que la droite est plus longue que la gauche. Ça lui donne un air fripon. Par contre, ses crocs ne me disent rien qui vaille. Sa crinière est courte sur la nuque et sur la gorge. Elle doit être douce au toucher. Je suis dingue. Il y a ce gros estomac ambulant devant moi, car j'imagine qu'un lézard, ça doit être pas mal dégueulasse à bouffer, même pour un lion blanc! Et tout ce à quoi je pense, moi, c'est que j'aimerais bien le caresser.»

Griffo fixait l'adolescent. Il sentait confusément comme une attirance, une sensation de déjà-vu. Intrigué, il s'approcha... jusqu'à ce que son nez humide se pose sur les cheveux blonds du garçon. Le souffle suspendu, Solarion restait immobile. Griffo sentait la peur courir dans ses veines, son cœur battre à coups redoublés dans sa poitrine. Il flairait maintenant les vêtements crottés de vase. L'odeur était agréable. Il pensa immédiatement que Storine aussi aimerait cette odeur. Ses yeux rouges luisirent doucement.

Les bras le long du corps, toujours assis sur son rocher, Solarion n'avait plus peur. Ils étaient face à face, les yeux dans les yeux. Lentement, il leva une main, l'approcha de cette crinière… Le lion frémit sous la caresse. Solarion adapta son souffle à celui du jeune fauve.

Il en aurait hurlé de joie.

Baignés par la lumière écarlate de l'étoile Attriana, les alentours du château de lave apparaissaient au commandor Sériac mille fois plus attrayants que lors de son arrivée en pleine tempête de feu. Phrygiss, cette espèce de hameau blotti entre l'épaisse forêt et les falaises escarpées, semblait renaître. Une musique joyeuse (mélange de cymbales, d'olifants et de tambours, crut reconnaître Sériac) s'élevait entre les toits. Sur la grand-place, les autochtones célébraient en dansant la mort de la tempête de feu. Debout sur un éperon rocheux, Sériac avait passé une longue cape brune sur son uniforme impérial. Il inspira avec plaisir l'air débarrassé de l'exynium amené du large par les vents du nord.

Il avait pensé que les habitants le considéreraient comme un ennemi. Il n'en était rien. Murés dans une superbe indifférence, héritée de leurs glorieux ancêtres, les villageois gardaient seulement leurs distances. À peine avaient-ils répondu à quelques questions, du bout des lèvres, tant Caltéis, le maître des lieux, était à la fois craint et respecté. Sériac essuya ses bottes l'une contre l'autre, tira nerveusement plusieurs bouffées épicées de son petit cigare. Puis, le crachant, il jura :

« Par les tripes de Vinor ! »

L'homme qui lui avait donné rendez-vous était en retard.

« Un petit truand. La planète est infestée de vermines à la recherche des trésors perdus des anciennes civilisations de Phobia. »

Sériac avait passé ces deux derniers jours à étudier les structures du château de lave. Il en avait tracé les plans exacts, incluant ses différentes issues. D'après l'enquête qu'avait menée Corvéus auprès des Phrygissiens – cet idiot avait eu plus de succès que lui, sans doute parce que, justement, c'était un idiot ! –, Caltéis le marchand était un homme rusé, intelligent, à la fois cruel, pervers et généreux. Un homme, se dit le commandor, à qui il sera difficile d'arracher la petite Storine. Pourtant, il devait récupérer l'enfant. Et ce, avant qu'elle ne soit embarquée de force pour Phobianapolis, la capitale, où chaque année se tenait le grand marché stellaire de la vente d'esclaves.

Sériac s'alluma un autre cigare. Corvéus lui avait révélé, par ses grognements habituels, la présence d'un ancien pirate de Marsor. Ce fugitif vivait au château et occupait le poste de chef de la sécurité. L'absence de Griffo l'inquiétait également. Les traces laissées par le lion autour de la nacelle étaient claires. Au moment de la capture de Storine, il avait été séparé de sa jeune maîtresse. L'instinct du commandor lui disait que le fauve n'était pas loin. Dans son plan pour récupérer l'enfant, il devrait tenir compte de toutes ces données.

« D'abord, songea-t-il, rencontrer ce chef de bande et monnayer son aide. »

Un cri de douleur tira Storine de son sommeil. Que s'était-il passé ? Lâane, cette salle qui puait les médicaments, les machines grondantes, Eldride et sa crise de claustrophobie. L'épreuve de la bulle. Elle ne portait plus la robe rose que lui avait donnée Lâane, mais un pantalon noir brodé d'arabesques dorées, ainsi qu'une chemise en lin vert foncé au col retourné, aux manches liserées et évasées sur les poignets. Le tissu rêche piquait sa peau sensible. Une cape noire et une ceinture en peau complétaient son habit. Les jambes mal assurées dans ses bottines neuves en cuir de gronovore, elle fit le tour de la petite chambre : un lit sévère, des murs crème, une fenêtre ovale plongeant sur l'océan de vase, une odeur d'herbes aromatiques avec, en dessous, les effluves habituels de soufre et de plantes marines. Sur une table basse, un plateau-repas l'attendait. La faim au ventre, Storine se précipita, en espérant qu'elle mangerait enfin autre chose que des œufs de typhrouns bouillis.

Qu'était devenue Eldride ? Comme pour répondre à sa question, la porte coulissa, révélant une Eldride transformée. Également vêtue de neuf, son amie souriait. Elle se laissa tomber sur la couche en grognant de plaisir.

— Tu ne devineras jamais, lui dit-elle dans un sourire féroce, qui mit en valeur ses dents aiguisées comme des couteaux. Je suis amoureuse.

— Hein ?

— C'est vrai, tu n'as rien vu, tu étais évanouie. Nous étions enfermées dans cette bulle, le vieux était sur le point de nous arracher l'âme comme à cette pauvre fille…

— Alors ?

— Éridess est intervenu.

— Éridess ? répéta bêtement Storine.

— Le fils du vieux. C'est lui qui a saboté «l'arracheur d'âmes». Surtout, ne lui dis rien.

— À qui ?

Eldride lui tapota affectueusement la joue.

— Tu es idiote ou bien tu es encore dans le cirage ?

— Je veux sortir de ce château et retrouver Griffo, répliqua Storine en essayant d'ouvrir la fenêtre.

N'y parvenant pas, elle se gratta machinalement l'épaule gauche. Depuis qu'elle était levée, quelque chose la démangeait au niveau du triceps.

— Dépêche-toi de manger, lui répondit Eldride. Je vais te présenter à Éridess.

Accompagnées d'un garde, les deux filles se rendirent aux hangars situés dans les soussols du château. En chemin, elles croisèrent

Vorcom. Les bras croisés sur son pourpoint couleur bourgogne, l'ancien pirate leur jeta un regard noir. Storine ralentit le pas. Ce costume, cette odeur d'homme et de cuir lui rappelaient sa vie heureuse à bord du *Grand Centaure*. Elle était sur le point de parler de Marsor, quand les pupilles froides du pirate la clouèrent sur place. Tant de haine… Mais pour qui ? Pour quoi ? Storine n'avait jamais eu peur des guerriers de son père. Piquée au vif, elle soutint son regard… jusqu'à ce que Vorcom baisse les yeux. Eldride la tira par la manche. Avisant le garde qui marchait devant elles, la fillette fit remarquer :

— Tu as vu, il avance comme un automate. On dirait qu'il n'y a rien sous ce casque.

— Éridess nous attend dans le transporteur principal, lui répondit Eldride. Dépêchons-nous.

Stupéfaite de l'attitude soumise de son amie, Storine se gratta le bras. Vraiment, cette situation ne lui plaisait pas.

Les trois transporteurs terrestres étaient stationnés côte à côte. Le hangar lui-même, planté d'énormes colonnes de pierre, était impressionnant. Les appareils s'apparentaient à des navettes spatiales, longues et effilées, dont on aurait volontairement coupé les ailes.

Voyageant sur des coussins d'air grâce à des moteurs électromagnétiques situés sous leur ventre, ils ressemblaient à de gros insectes bedonnants. Eldride se dirigea d'un pas léger vers celui qui était surmonté d'une timonerie entièrement vitrée.

« Eldride, si dure envers elle-même et les autres. Eldride, brutale et coléreuse ! Ce n'est plus la même fille, se dit Storine en considérant son amie. Si pour être aimée, il faut devenir quelqu'un d'autre, alors moi, je ne tomberai jamais amoureuse. »

Le garde posa sa main gantée sur une plaque de métal. Une porte se dessina aussitôt dans les flancs du transporteur et une passerelle glissa silencieusement jusqu'à leurs pieds. Eldride monta dessus sans hésiter, puis elles traversèrent une enfilade de corridors qui sentaient la peinture fraîche. Storine remarqua l'éclairage diffus, les parois tendues de soieries aux couleurs chatoyantes. Elle reconnut aussi les effluves de ce parfum sucré utilisé par « le vieux », comme disait Eldride. « A-t-elle oublié nos plans d'évasion ? » se demanda Storine en fronçant les sourcils.

Les deux filles débouchèrent dans une salle aux parois plastronnées de cuir grenat. Storine se raidit en voyant les cercueils

109

soigneusement alignés, car ils ressemblaient trop à ceux dans lesquels Astrigua, la responsable de la sécurité à bord du *Grand Centaure*, enfermait les esclaves dangereux pendant les combats.

— Regarde! s'exclama-t-elle en se penchant sur un couvercle vitré. Il y a des gens à l'intérieur. Ils sont recouverts d'une couverture et roulés en boule sur le côté.

Le garde s'étant éclipsé, Eldride fixa tour à tour les deux issues, comme si elle attendait quelque chose…

— Oh! s'étonna la fillette en portant les mains à son visage. Leurs fronts!

— Eh bien, s'énerva Eldride en claquant la langue.

— Certains portent une sorte de plaie…

— C'est ce que l'on appelle «la fenêtre de feu», expliqua une voix grêle dans leur dos. C'est par là que leurs âmes ont été arrachées.

— Éridess! murmura Eldride en se retournant, souriante.

Storine détailla le nouveau venu. Ce qui choquait chez ce garçon d'environ treize ans, c'était cette incroyable arrogance qu'il dégageait tout autour de lui comme s'il était le roi de l'univers. Vêtu d'un costume blanc brodé de lamelles d'or, il était bien trop propre et élégant dans un pareil décor. Le bruit de ses bottes sur le sol métallique résonnait dans la tête de Storine. Éridess s'arrêta devant elle. Il avait le teint légèrement verdâtre, une longue chevelure grasse et noire en bataille, quelques boutons d'acné et des yeux de braise. Agacée par son attitude supérieure, elle ne daigna même pas le fusiller des yeux. Un silence désagréable s'installait. Toujours souriante, Eldride avait tendu ses mains vers lui, mais elle restait sans voix, la bouche sèche, tandis que Storine dévisageait le garçon. Celle-ci remarqua aussitôt qu'Éridess avait deux bras.

— Je te présente mon amie Storine, bredouilla l'adolescente en se tordant les mains.

Le silence. Pesant. Inquiétant dans cette salle où s'entassaient une centaine de cercueils. Storine et Éridess se dévisageaient sans qu'aucun d'eux n'accepte de baisser les yeux. Mal à l'aise, Eldride serra le poignet de Storine. « Deux bras, songeait Storine. Deux. » Où était ce garçon blond, beau comme un dieu, dont elle avait rêvé et qui l'avait soignée ?

Éridess cligna des paupières le premier. Une ombre sauvage passa sur son visage.

— Nous nous sommes déjà rencontrés…, laissa-t-il tomber, méprisant, en secouant avec superbe sa longue crinière noire bouclée.

Puis il se tourna vers Eldride. Ils étaient aussi grands l'un que l'autre. Leurs yeux se rencontrèrent. L'adolescente sentit ses jambes ramollir.

— Tout ceci nous appartient, à mon père et à moi ! Ici rassemblés, vous voyez les plus beaux esclaves de la planète.

— Répugnant ! déclara Storine en haussant les épaules.

— Arrogante ! s'exclama Éridess en éclatant de rire.

— Comment ça fonctionne ? Je veux dire, ces machines, ce gaz sous la bulle, bredouilla Eldride.

— Voilà une attitude intelligente ! À vrai dire, c'est une invention de mon père. (Il se pencha sur le cercueil dans lequel Lâane semblait dormir paisiblement.) Leur âme et leur corps sont séparés. Ceux qui ont accepté le gaz sans révolte ont l'impression de vivre dans un rêve. Les autres, qui porteront une cicatrice au front, souffrent dans d'affreux cauchemars qu'ils se créent eux-mêmes. Ils ne se réveilleront que devant leurs nouveaux maîtres.

— Leur âme a vraiment été séparée de leur corps ?

— Elle ne peut pas le réintégrer, en tout cas, répondit le garçon, qui en fait ignorait comment fonctionnait l'arracheur d'âmes. Le système inventé par mon père est très perfectionné. En attendant, l'âme erre dans le monde des rêves ou dans celui des cauchemars.

Il allait ajouter : « Ça dépend. » Mais comme il aurait dû expliquer pourquoi, il se tut. S'attendant à ce que Storine lui fasse un commentaire désobligeant, il se tourna vers elle. Encouragé par son silence, il fanfaronna :

— Il y a aussi ceux dont les âmes, détruites par leur propre résistance, ne sont plus d'aucune utilité. Invendables, laissa-t-il tomber avec une grimace. Juste recyclables…

— Est-ce que tu as un frère blond aux yeux bleus ? demanda Storine.

Surpris, il la dévisagea, puis, haussant les épaules, il déclara :

— Je suis unique !

— Pourquoi nous avoir sauvées ? questionna encore Storine.

— À cause de la route qui nous sépare de Phobianapolis. Chaque année, je demande à mon père d'épargner quelques esclaves. Ce n'est pas drôle de garder des cercueils.

Eldride serra le bras de Storine. «Tais-toi!» implora-t-elle silencieusement. Elle avait sa propre explication. Éridess les avait épargnées pour une raison bien plus simple : il était, lui aussi, tombé amoureux. Comme elle s'en voulait d'avoir le visage plein de cloques! Malgré cela, elle était certaine d'avoir raison.

— Tu n'es plus seul, lui dit-elle en souriant. Nous allons voyager avec toi.

Satisfait, Éridess se tourna vers Storine, l'air de dire que son amie était décidément plus maligne qu'elle.

— La traversée des montagnes obscures sera longue et périlleuse, mais le voyage vaut le détour. Je vous ai fait préparer deux chambres près de mon appartement.

Storine vit les yeux de son amie devenir très, très doux. Un moment, elle crut revoir ceux de Croa, la mère de Griffo, quand, petite sur Ectaïr, elle se lovait contre son flanc chaud. Ce souvenir lui serra le cœur.

Elle étouffait dans cet endroit plein de cercueils. De tout son être, elle souhaita sortir de ce transporteur et courir vers la première fenêtre donnant sur l'océan. Si elle l'appelait très fort, Marsor l'entendrait. Il atterrirait sur cette planète maudite. Le *Grand Centaure* détruirait le château de lave. Ensuite, ils par-

tiraient ensemble à la recherche de Griffo.
N'y tenant plus, elle poussa Éridess sur le côté
et se mit à courir. Au moment de passer le
sas, une violente douleur au bras se répandit
dans tous ses muscles. Surprise autant qu'effrayée,
elle se recroquevilla au sol en hurlant.

— Que s'est-il passé ? s'exclama Eldride
en s'agenouillant près de son amie.

Éridess sortit de sa poche un petit objet
en forme de coquillage.

— Mon épaule…, gémit la fillette.

Eldride défit les lacets de la chemise de
Storine et découvrit, à la hauteur de son triceps
gauche, une excroissance de peau sous
laquelle palpitait une lueur rouge.

— Une autre invention de mon père,
ricana Éridess. En fait, il n'a accepté de vous
laisser éveillées qu'à cette condition. Il s'agit
d'un traceur neuronique. Placé chirurgicalement
sous la peau, il est relié à votre système
nerveux.

Il exhiba sa commande à distance.

— Ce gadget a une portée d'un kilomètre.

— C'est toi qui as fait ça ? s'enquit Eldride,
les yeux agrandis d'effroi.

Le visage du garçon s'assombrit. Il renifla
nerveusement, ce qui lui donna un air enfantin.

Serrant le petit appareil dans sa paume, il jeta sur les deux filles un regard de braise.

— Vous êtes mes esclaves personnelles. Si vous cherchez à me faire du mal, mon père vous tuera !

8

Les montagnes obscures

Debout dans la timonerie du transporteur principal, Caltéis, affaibli par le stress des derniers préparatifs, donna le signal du départ. Lorsque les trois appareils franchirent l'enceinte du château, il salua de la main les villageois, rassemblés le long de la route qu'il avait fait percer, autant pour ses propres besoins que pour ceux des autochtones. À ses côtés, le seigneur Vorcom supervisait la coordination entre les transporteurs.

— Ces gens-là vous aiment, déclara l'ancien pirate du bout des lèvres.

— Quand je suis arrivé ici, il n'y avait rien, se contenta de répondre le marchand en voyant s'éloigner la silhouette de son château.

Puis, réprimant un tremblement de tout son corps, il vérifia les compteurs atmosphériques.

— Une nouvelle tempête de feu se prépare, Sérénissime, ajouta l'ancien pirate par-dessus son épaule.

— Sachez, seigneur Vorcom, que, dans les montagnes, il ne pleut jamais. Il existe d'autres dangers, mais…

Il ne put retenir un tressaillement qui fit pâlir son visage émacié. Il poursuivit, un octave plus haut :

— Les villageois parlent d'étranges « chants du ciel ». Cette légende prétend que les âmes des anciens habitants de Phobia, les Éphroniens, guettent les voyageurs et les attirent dans les entrailles de la planète grâce à des colonnes de vent qu'ils appellent le « souffle des damnés ». Mais ce n'est qu'une légende. Je connais bien le chemin. Au pied des premiers cols, je prendrai personnellement la direction des opérations.

Ces mots mirent fin à l'entretien. Vorcom salua puis il sortit de la timonerie. Autour d'eux, quelques gardes silencieux, chacun posté devant une console, surveillaient les radars. En entrant, Éridess, Storine et Eldride faillirent se heurter au pirate. Le garçon riait à gorge déployée, mais il fit aussitôt grise mine. Vorcom leur passa sous le nez sans un mot.

— Ah! mon fils! s'exclama fièrement Caltéis. Regarde notre beau château une dernière fois. Nous ne le reverrons qu'à notre retour de Phobianapolis.

Devant l'expression contrariée d'Éridess, le marchand se rendit compte de sa bévue. Il secoua la tête puis reprit ses réglages. Le garçon marcha vers son vieux père qu'il dépassait déjà d'une tête. Curieuse comme le sont toutes les filles amoureuses, Eldride retint son souffle.

— Tu avais promis! Tu m'avais promis qu'après cette saison, nous quitterions Phobia pour toujours. Tu l'avais juré!

— Les choses ne sont pas aussi simples que ça, mon fils. Patience…

Éridess martela du poing la console sur laquelle travaillait son père.

— Cette planète te tuera. Regarde-toi! Tu trembles comme une feuille!

Caltéis se mordit les lèvres. Comment son fils osait-il l'apostropher ainsi devant deux esclaves? Il leva les yeux et contempla, à travers la coupole vitrée, les lourds nuages verdâtres gonflés d'exynium. Pris d'une nouvelle crise de tremblements, il eut toutes les peines du monde à replacer ses lunettes sur son nez.

— Tu parles de ce que tu ne comprends pas, mon fils, répondit-il.

Encore un voyage, un dernier après celui-ci, et il tiendrait sa promesse de tout quitter. Il sourit sous sa barbiche verte. Son teint cireux faisait peine à voir. Il ne cessait de perdre du poids. Cette planète qu'il aimait tant le tuait à petit feu, comme elle tuait prématurément tous ceux qui n'y étaient pas nés (ceux-là aussi, du reste, seulement ça prenait un peu plus de temps). Cela tenait au fait que la planète subissait l'accroissement toujours plus menaçant de son étoile, Attriana. Vexé d'avoir eu à se justifier devant deux esclaves, il se tourna et, pointant son doigt squelettique sur les deux filles, il conclut :

— Elles sont à toi pour la durée du voyage, mais je t'interdis de les laisser sans surveillance !

Ayant subitement retrouvé sa bonne humeur, Éridess déclara :

— Venez les filles, je vais vous faire visiter !

Caltéis les regarda sortir. Certes, son fils grandissait dans un environnement hostile, il n'avait aucun ami et il s'ennuyait. En le voyant en compagnie des deux jeunes filles, il se dit qu'il avait bien fait de les lui donner. Ça lui changerait les idées pour un temps. Cependant, en croisant le regard pénétrant de la fille de Marsor, il eut un sombre pressentiment. Cette gamine aux cheveux orange et aux yeux qui changeaient de couleur était dangereuse. Sans savoir d'où lui venait cette certitude, il sut qu'elle allait leur faire du mal…

Tandis que les transporteurs s'enfonçaient dans les forêts de Phrygiss, Vorcom, dissimulé dans l'angle d'une coursive, observait Éridess et les deux filles. Pourquoi le vieux avait-il refusé qu'il les tue? «Le cœur et l'esprit de cet homme maladif restent un mystère», songea-t-il. Depuis qu'une patrouille avait ramené ces deux gamines au château, il ne dormait plus que d'un œil. Marsor le pirate ne laisserait sûrement pas sa fille adoptive devenir une esclave. Il avait sans doute envoyé plusieurs Centauriens à sa recherche. L'ancien pirate serra les poings. Il aurait dû passer outre les ordres du vieux et tuer la jeune Storine.

«Ma tête ne finira pas suspendue dans la salle des Braves, se promit-il. Elle doit mourir…»

121

Épuisée d'avoir visité toutes les pièces du transporteur, Storine s'écroula dans son lit. Presque aussitôt, Eldride vint cogner à la porte de la chambre de son amie.

— Tu n'as pas dit un mot de toute la journée, se plaignit Eldride en s'allongeant aux côtés de Storine.

Recroquevillée contre le mur de la petite pièce, celle-ci ne répondit rien.

— Tu m'en veux, c'est ça ?

Eldride se leva brusquement et se planta devant le hublot qui jetait une lumière rosée sur son visage parsemé de cloques.

— Je veux toujours m'enfuir avec toi, Sto, je te le jure sur notre amitié ! Je veux reprendre l'argon de Pharos que Caltéis m'a volé, et retrouver Griffo ! Et si tu veux tout savoir, Éridess en a marre de cette planète. Son père se meurt à petit feu et, lui aussi, il veut quitter Phobia… avec nous…, avoua-t-elle.

Storine pensait à Griffo. « Où es-tu ? Que fais-tu, mon bébé ? » Elle souffrait dans tous ses membres d'être séparée de son jeune lion blanc. C'était une douleur plus grande encore que les brûlures causées par le venin des typhrouns. Une douleur plus intense que le traceur neuronique implanté dans son épaule

gauche. Alors qu'Eldride continuait son mono-
logue, une image se forma dans la tête de
Storine : Griffo à couvert dans la forêt. Griffo
guettant… quoi ? Une proie ? Non, c'était un
bruit étrange. Un bruit de machines. Le sous-
bois, non loin de lui, vibrait sous un ronfle-
ment de moteurs. Le visage du garçon blond
auquel elle avait rêvé apparut soudain aux
côtés du lion.

— Griffo ! s'écria-t-elle en se dressant
d'un bond.

— Parfaitement ! lui répondit Eldride.
Crois-le ou pas, j'aimerais bien le revoir, moi
aussi.

— Il est tout près de nous. Là, dehors. Il
nous guette. (Elle colla son visage contre le
hublot.) Combien y a-t-il de gardes ?

— Qu'est-ce que tu manigances ?

— Griffo est dehors. Tu t'échappes avec
moi ou tu restes là ?

Eldride sentit un froid intense s'insinuer
dans son cœur. Elle chercha à gagner du
temps.

— Comment sais-tu que Griffo est dehors ?

Mais elle connaissait déjà la réponse. À
bord du *Grand Centaure*, Eldride avait pu
constater à quel point Storine et Griffo étaient
liés par télépathie. Elle fit une grimace. Ils

s'aimaient, ces deux-là! Elle, personne ne l'avait jamais aimée. Jusqu'à aujourd'hui...

— Éridess veut s'enfuir aussi, répondit-elle en soutenant le regard presque noir de son amie.

— Si tu crois qu'Éridess t'aime, tu te trompes. C'est un melou. Il n'aime que lui.

— Quoi?

Storine n'avait pas envie d'expliquer qu'un «melou», en ectarien, cela voulait dire un garçon sans caractère, sans colonne vertébrale.

— Tu es jalouse! cracha Eldride, piquée au vif. Et je vais te dire ce que je pense de toi et de ton cher père Marsor. Je...

Un choc violent les précipita l'une contre l'autre. Une série d'explosions retentit, suivie d'éclairs et de clameurs sauvages. Éridess surgit, blême, un sabre à la main.

— On nous attaque!

⚙ ᚼᚦᚱᚢᚾᚦᚱ ᚷᚱ ⚙

Griffo flaira à gauche, puis à droite. Quelque chose bougeait non loin de cette clairière où Solarion et lui s'étaient rencontrés. Ses yeux rouges se mirent à luire plus intensément. Storine. Son cœur sauta dans sa poitrine. Redressant l'échine, il poussa un long rugissement qui, d'arbre en arbre, de rocher en rocher, se répercuta dans toute la forêt. Puis il bondit dans les taillis et disparut en direction de ce grondement de machines sous les frondaisons.

— Hé ! Où vas-tu ? s'écria Solarion.

Toujours assis sur son rocher, il était occupé à consigner son exploit intitulé : « Comment j'ai apprivoisé un lion blanc. Ou : Comment je me suis fait apprivoiser par un lion blanc. » Il n'était pas encore sûr du titre définitif.

Comme il ne voulait pas perdre le fauve de vue, il rassembla pêle-mêle ses affaires et mit en route le dispositif antipesanteur de son chariot de voyage.

— Attends-moi !

Les longues palmes végétales le giflaient au visage. Il se prit les pieds dans un fouillis de racines, s'étala plusieurs fois, se releva. Il ne voulait pas que le fauve disparaisse de sa vue. Pas après ce qu'ils avaient vécu ensemble. « Somme toute, se dit Solarion, pourquoi est-ce si important que je rattrape ce lion blanc ? J'ai une mission, moi. C'est pour ça que j'ai tout risqué. C'est pour ça que Priax est mort. Alors, pourquoi courir ainsi ? »

Trempé de sueur, il continua à enregistrer ses notes de voyage en haletant :

« Je me dirige en ce moment en aval, à la suite du jeune lion blanc. Il semble qu'il ait entendu quelque chose. (Il s'arrêta afin d'écouter, lui aussi.) Oui, il a raison, on dirait des machines. Il y a des gens pas loin. J'entends même des cris. Je suis sauvé… »

Un rocher s'ébranla sur une des crêtes qui dominaient le petit val dans lequel progressaient les trois transporteurs. Roulant sur lui-même, il déclencha une véritable avalanche de roches, de pierrailles et d'arbres éventrés. Corvéus souriait. Son maître lui avait ordonné de bloquer la route, et il avait obéi. Sériac lui avait expliqué qu'ils allaient ainsi récupérer Storine. Corvéus avait hâte de la revoir. Au même moment, l'attaque générale orchestrée par le commandor débuta. Il avait soudoyé un chef de bande dur en affaires mais qui se révélait fidèle à sa parole. « Étrange, se dit-il, d'utiliser les services d'un bandit pour en neutraliser un autre. »

Son complice n'avait pas voulu lui donner d'informations précises – entre autres, le nombre exact de ses effectifs, le détail de leurs moyens d'action. Pourtant, d'après ce que pouvait en voir Sériac, la poignée de mercenaires engagés faisait un excellent travail. Le convoi de Caltéis était immobilisé, plusieurs foyers d'incendie léchaient déjà les flancs de ses transporteurs, la vingtaine de gardes masqués qui étaient descendus des lourds véhicules était aux prises avec les pillards : tout se passait comme prévu.

« Pas exactement », rectifia le commandor en ajustant l'objectif de ses jumelles miniatures. Son front halé se creusa de rides profondes.

« Pourquoi le pirate chargé de la sécurité ne se montre-t-il pas ? »

Sériac dégaina son sabre et, sautant au bas de son poste d'observation, se jeta dans la mêlée.

Les tremblements de Caltéis ne cessèrent que lorsqu'il fut installé au poste de commande central. Dans la timonerie, il ne craignait rien. Les yeux fixés sur ses écrans de contrôle, il prit soin de respirer profondément. Il devait faire le vide dans son esprit afin de pénétrer par la pensée dans les corps de chacun de ses vingt gardes. L'espace d'une seconde, il sourit. Les boîtes crâniennes de

127

ses soldats étaient aussi vides que des coquillages morts, et il savait très bien pourquoi. «Formidable technologie!» se dit le marchand. Bientôt, sous son impulsion télépathique, les gardes prirent le dessus sur leurs adversaires.

«Nous allons tailler ces bandits en pièces», décida-t-il joyeusement.

— Que se passe-t-il? questionna Eldride en tentant de prendre la main d'Éridess.

— Une bande de pillards. Mon père s'occupe d'eux. Ici, nous sommes en sécurité.

Éridess avait beau faire le courageux, les deux filles sentaient à quel point il était nerveux. Eldride profita d'un court instant d'abattement chez le garçon pour prendre sa main. D'abord surpris par ce geste, Éridess se détendit. C'était la première fois qu'une fille lui prenait la main spontanément. Ils s'assirent tous deux sur le lit de Storine.

— Des bandes organisées sillonnent le continent à la recherche des cités perdues d'Éphronia, l'ancien empire du centre, expliqua le garçon en souriant à demi. Ils veulent sûrement nous voler nos esclaves.

Adossée devant la porte de la chambre, Storine pivota soudain, débloqua le mécanisme d'ouverture et s'évanouit dans les corridors faiblement éclairés.

« La petite peste ! » gronda Éridess en lui emboîtant le pas.

Comme toujours, la fillette avait obéi à une impulsion. Griffo n'était pas loin. Elle devait le rejoindre. La visite guidée, généreusement offerte par Éridess, lui permettait de se repérer dans le labyrinthe de corridors. À l'extérieur, les explosions avaient cessé, remplacées par de terribles clameurs. Combien de temps durerait cette pagaille ? Elle devait arrêter de penser pour simplement agir. Une force qu'elle avait déjà senti couler en elle à bord du *Grand Centaure* l'envahit brutalement. « Le glortex des lions », se dit-elle.

Rencontrant plusieurs foyers de combat, elle se glissa entre les bandits et les gardes trop occupés à se battre les uns contre les autres pour songer à l'arrêter. Puis, d'une passerelle d'embarquement, elle sauta hors du transporteur. Quand ses pieds foulèrent le sol de mousse et de terre, elle se sentit déjà plus libre. Que faisait Eldride ? Son amie avait tellement changé depuis qu'elle était – beurk ! – tombée amoureuse d'Éridess.

Débouchant sur la passerelle, à dix pas derrière Storine, Éridess fouilla dans sa poche à la recherche du moniteur de contrôle qui commandait le traceur neuronique implanté dans l'épaule de la fillette. Un sourire méchant déformait le bas de son visage.

Mais il n'eut pas le temps d'enclencher le mécanisme. Eldride se jeta sur lui. À demi assommé, le garçon n'eut que le temps de voir l'adolescente sauter sur le sol à son tour, et crier : « Attends-moi, Sto ! », avant de disparaître dans la fumée causée par les explosions.

« Les sales pestes ! » fulmina Éridess.

Storine escalada le flanc abrupt du vallon tout en appelant Griffo dans sa tête. Étourdie par la différence de pression atmosphérique, elle s'appuya contre un tronc cendreux et tenta, avec ses ongles, d'arracher le traceur neuronique implanté sous la peau de son épaule. La douleur la fit hurler. Elle reprenait son souffle quand une main brutale se referma sur sa gorge.

Vorcom avait surgi comme un spectre. Briser les vertèbres cervicales d'une gamine se faisait en claquant des doigts. Il n'en aurait que pour une seconde. Ensuite, quand Caltéis le questionnerait, il n'aurait qu'à dire que la fille de Marsor s'était cogné la tête pendant sa fuite. Storine ferma les yeux. Elle allait mourir là, sans avoir revu ni Griffo, ni Santorin, ni son père. Non, ce n'était pas possible.

Un choc, suivi d'un cri – qui n'était pas le sien! –, retentit. La pression sur sa gorge disparut comme par enchantement. Elle s'aperçut alors qu'on la soulevait dans les airs. Quand elle rouvrit les yeux, Storine reconnut le visage à la fois poupin et monstrueux de Corvéus.

Lorsque les gardes eurent repoussé les pillards, le marchand sortit de la timonerie pour évaluer l'ampleur des dégâts. Le visage en sang, Vorcom fit son rapport:

— Les bandits se sont repliés, tout danger est écarté. J'ai vérifié les salles d'entreposage. Les alcôves sont intactes.

— L'important est que nous n'ayons perdu aucun esclave, répondit Caltéis en tentant de croire que son chef de la sécurité s'était bel et bien battu aux côtés de ses propres gardes, ce dont il doutait fortement. Qu'en est-il de l'état des transporteurs?

— Il nous faudra plusieurs jours pour réparer, Sérénissime.

Par-delà les frondaisons, le marchand contempla un coin de ciel sombre, zébré de nuages écarlates. Son visage se froissa comme une vieille pomme.

— Nous ne disposons que d'une heure avant que le temps ne se gâte. Mon fils ! appela-t-il.

Éridess s'avança, penaud, encadré par les gardes de son père.

— Tu as failli à ta tâche, Éri.

Le vieil homme leva la main avant que son fils n'ait pu trouver une excuse. Les yeux globuleux du marchand allèrent du garçon à un des gardes. Ce dernier, obéissant à un ordre mental, s'approcha d'Éridess et le gifla violemment.

— Prends trois gardes et ramène-moi la fille de Marsor !

9

Le souffle des damnés

De lourds nuages de feu roulaient au-dessus des frondaisons. Déjà les flancs crayeux et abrupts des premières montagnes disparaissaient, avalés par les volutes d'exynium. Aux côtés de Caltéis, le seigneur Vorcom essuyait le sang qui coulait sur son visage.

— Vous avez reçu un coup sur la tête ?

La perspicacité du marchand mit l'ancien pirate mal à l'aise.

— Est-ce bien prudent d'envoyer ainsi votre fils dans les montagnes ? répondit celui-ci en souriant à demi.

À vrai dire, sachant qu'une tempête était imminente, Caltéis regrettait sa décision impulsive. Une nouvelle crise de tremblements, accompagnée d'une sensation de brûlure dans la cage thoracique, le plia en deux. Qu'adviendrait-il de lui si Éridess mourait stupidement dans les montagnes ? La fille de Marsor en valait-elle vraiment la peine ?

— N'êtes-vous pas surpris qu'une poignée de pillards nous ait attaqués sans même chercher à s'emparer de vos trésors technologiques ? demanda Vorcom.

— Si nous voulons être en mesure de résister à la tempête, mettons-nous au travail…

En tournant le dos à Vorcom, Caltéis n'en pensa pas moins que cette attaque, en effet, était suspecte. Ces pillards ridicules ne pouvaient pas être les redoutables Centauriens de Marsor le pirate, envoyés, si l'on en croyait les craintes de Vorcom, pour sauver la fille aux cheveux orange. Alors qui ? Il contempla le ciel tourmenté. Lui qui n'avait foi en rien d'autre qu'en lui-même, il implora : « Anciens dieux de Phobia, faites que mon fils me revienne vivant ! »

Ballottée dans les bras de Corvéus, Storine sentait la colère l'envahir. Ce monstre, elle le reconnaissait. C'était lui qui avait assassiné les parents de Griffo. La fillette se souvenait d'Ectaïr, sa planète d'origine, et de cette journée écrasante de chaleur où le commandor Sériac l'avait enlevée. Elle revoyait Santorin, son ami, lui jurer qu'il prendrait toujours soin d'elle. Sa douleur quand Griffon, le lion-roi invincible qu'elle avait élevé comme elle élevait maintenant Griffo, s'était affaissé sur le flanc. L'affreux vide qui l'avait engloutie. Et puis la rage…

Elle distribua coups de pied et coups de poing, mordit le col de cuir qui protégeait la gorge du colosse. Courant à travers les longues palmes noires qui labouraient leurs visages, celui-ci riait comme un enfant.

«Quel abruti!» pensa Storine.

Déjà la clameur des combats s'atténuait, remplacée par un silence feutré des plus inquiétants. Les miasmes de plantes aquatiques, d'ordinaire suffocants, étaient supplantés par une forte odeur de gaz qui brûlait les poumons. Un froissement de feuilles, sur leur gauche, fit bondir le cœur de Storine.

«Griffo!» s'exclama-t-elle, tant elle sentait la proche présence de son jeune lion.

Mais ce n'était que la haute silhouette du commandor Sériac.

— Magnifique ! déclara celui-ci. Corvéus, je te félicite !

Une expression béate passa dans les yeux du colosse. Tout en berçant Storine, il geignait comme un nourrisson.

— Petite, lui dit le commandor avec un soupir de soulagement, je suis heureux de te retrouver… enfin !

Muette de stupeur devant les deux hommes qu'elle haïssait le plus, Storine ne pouvait que détailler le visage hâlé du commandor, ses sourcils en broussailles, ses traits durs, sa coupe de cheveux réglementaire, cette puissance racée et ténébreuse dont il était imprégné de la tête aux pieds… ainsi que la joie qui brillait dans ses yeux noirs. Quand elle l'avait rencontré, la première fois, il venait de l'enlever. Ensuite, les pirates de Marsor s'étaient emparés d'elle. Un moment, elle pensa que Sériac avait été envoyé par son père pour la ramener auprès de lui. Mais son instinct lui disait que cet homme-là était son ennemi. Comme s'il suivait le cours de ses pensées, le commandor se força à prendre une voix douce :

— Pourquoi ce regard mauvais, Storine, je ne te veux aucun mal.

C'était l'instant de toutes les questions, de toutes les explications. Et pourtant ! Un frémissement parcourut la cime des arbres. Une onde puissante ébranla le sol, faisant s'envoler des myriades d'oiseaux.

— Regagnons notre navette avant qu'il ne soit trop tard, déclara Sériac.

Solarion dévalait la pente en direction des trois transporteurs. Cahotant derrière lui sur le chariot antipesanteur, son matériel de survie faisait un boucan d'enfer.

« Pour être discret, se dit le garçon, je suis discret ! »

Le lion blanc filait bon train, dix pas devant lui. « Peut-être appartient-il aux gens qui voyagent dans ce convoi ? » pensa Solarion tout en se disant que s'il fallait en croire les textes du *Sakem,* aucun homme, à part le Grand Unificateur Érakos et le prophète Étyss Nostruss, n'avait jamais pu apprivoiser ce genre de fauve. Arrivé à quelques mètres du premier transporteur, il buta contre une racine, faillit perdre l'équilibre… À proximité des transporteurs s'activaient une demi-douzaine d'hommes en noir. « Où est le lion ? »

se demanda Solarion en vérifiant la solidité des sangles de son chariot.

Juste à ce moment, le sol se mit à trembler.

À l'orée de la forêt, Sériac se guidait à l'aide d'une carte électronique digitale. Devant eux s'ouvrait une prairie de vase séchée, qui montait à l'assaut des premiers contreforts d'une montagne dont les flancs disparaissaient sous les nuages écarlates. Posée sur un entablement rocheux, à une centaine de mètres, sa navette les attendait.

Storine ne cessait de gigoter dans les bras de Corvéus.

— Lorsque nous aurons gagné la haute atmosphère, je jure de tout te raconter. Tu n'es plus une enfant. Tu as le droit de savoir.

Sériac était sincère. Enfin, presque. En considérant le petit air buté de Storine et ses yeux qui passaient du vert au noir, il craignit qu'elle ne comprenne rien à ses explications.

« Allons ! » s'encouragea-t-il.

À peine avait-il fait quelques pas sur cette surface graveleuse que le sol se craquela. Déséquilibré, le commandor gesticula comme un pantin. Sortis des entrailles de la terre, de monstrueux tentacules s'enroulèrent autour de ses jambes.

— Corvéus! appela-t-il en activant la lame rétractable de son sabre.

Chargé de son précieux fardeau, le colosse hésitait.

— Espèce d'abruti! s'énerva Sériac en abattant sa lame sur les vers géants qui cherchaient à l'étouffer.

Corvéus grogna puis déposa Storine sur le sol. La fillette en profita pour le pousser vers son maître, non sans lui dérober au passage l'arme passée à sa ceinture. Une nouvelle secousse propulsa Corvéus vers les tentacules visqueux. Storine cria à Sériac:

— Je ne pars pas sans Griffo, et surtout pas avec vous!

Puis, ravie d'être de nouveau libre, elle rebroussa chemin.

Une barrière de roche, surgie de nulle part, s'élevait devant Storine. «Impossible!» Douée d'un sens de l'orientation à toute épreuve, jamais elle ne s'était perdue. Sur Ectaïr, elle connaissait la jungle comme sa poche. «Cette planète est maudite!» se dit-elle en assistant, horrifiée, à une nouvelle secousse sismique. Sous ses yeux, le tremblement de terre fit jaillir un nouveau mur de roches, semé de racines. Des myriades d'animaux souterrains, dérangés dans leur sommeil, s'enfuirent de tous côtés en répandant leurs cris aigus dans la forêt.

— Storine !

Craignant d'être rattrapée par Sériac (car cet homme diabolique trouverait sûrement un moyen de vaincre le monstre), la fillette se retourna. Toute tremblante, elle reçut Eldride dans ses bras.

— Je croyais que tu étais restée avec Éridess, bredouilla Storine, les larmes aux yeux.

— Tu es stupide, répondit Eldride en la serrant fort. La tempête arrive, ajouta-t-elle en élevant la voix pour couvrir les terribles craquements qui bouleversaient la topographie de la forêt. Il faut regagner tout de suite les transporteurs, Sto, c'est notre seule chance.

La fillette se rebiffa en la repoussant :

— Pas sans Griffo !

— Tu commences à m'énerver ! On rentre, même si je dois t'assommer et te traîner par les cheveux !

— Quelle belle scène de famille ! s'écria Éridess en surgissant d'un bosquet voisin.

Son visage dur se changea en grimace. Il dégaina sa commande en forme de coquillage.

— Désolé de devoir interrompre ces touchantes retrouvailles !

Storine sauta sur ses pieds et, allumant le sabre électrique volé à Corvéus, elle se mit en garde.

— Ose donc, espèce de grand lâche !

Éridess enclencha le système de la commande. Storine anticipa la douleur, mais ce fut Eldride qui hurla.

— Lâche ! répéta Storine en assurant sa prise sur le sabre très spécial dérobé à Corvéus.

Comme il était plus lourd que les sabres auxquels elle était habituée, elle le prit à deux mains. Une série de boutons digitaux ornaient le manche. Elle appuya sur le premier. Un éclair rouge jaillit de la lame et désintégra un rocher, à cinq pas d'elle. Comprenant qu'elle tenait une sorte de pisto-sabro-laser, Storine le pointa sur les gardes qui accompagnaient Éridess.

— Arrête ou je tire !

Mais le garçon semblait avoir perdu la maîtrise de soi. Storine ouvrit le feu en même temps qu'un des gardes. Les traits mortels s'entrecroisèrent. Ceux de Storine touchèrent deux gardes. Les détonations tirèrent Éridess de sa transe. En tombant au sol, un des gardes perdit son casque. Storine découvrit alors son visage squelettique, presque momifié. Ouvert en son centre, le front de l'homme laissait voir à nu une partie de sa cervelle.

— Tu vas payer pour les atrocités commises par ton père, déclara Storine en se mettant en position de combat.

En visant avec justesse, elle fit sauter la télécommande des mains du garçon. Déséquilibré par la soudaineté de l'attaque, Éridess recula d'un pas.

— Tu crois me faire peur, esclave ! sifflat-il en dégainant à son tour une épée électrique rétractable. Voyons si tu mérites le tatouage des Braves que tu portes au poignet !

Surprise qu'il connaisse l'origine de la marque des guerriers de Marsor, Storine eut toutes les peines du monde à repousser les premiers assauts du garçon.

— Tu te bats bien, ricana celui-ci en essuyant d'un revers de manche la sueur qui baignait son visage. Tu te demandes comment je connais Marsor le pirate ?

Storine était si en colère qu'elle l'entendait à peine. Dire qu'Eldride aimait cet individu ! Elle était si concentrée qu'elle ne s'était pas aperçue que les tremblements de terre avaient cessé. Elle ne vit pas non plus le troisième garde se glisser derrière elle. Le ferraillement magnétique des lames emplissait la forêt. Les bras douloureux, Storine haletait. Son cœur battait à tout rompre. Moins à cause de l'effort que de la densité atmosphérique de Phobia qui les écrasait. Soudain, une estafilade rouge se dessina sur la manche droite d'Éridess.

— Ça, c'est pour Eldride! laissa-t-elle tomber, les yeux étincelants de rage.

En trois bottes, elle adossa le garçon au mur de roches. Puis elle le désarma d'un coup sec.

Quelques instants plus tôt, Sériac avait surgi des fourrés. Il ne pouvait quitter des yeux ce magnifique duel. Comme il était le seul à pouvoir *allumer* son sabre (qui était une arme très particulière), Corvéus avait dû terrasser de ses mains nues la créature qui le retenait prisonnier. Aussitôt délivré, le commandor était parti à la poursuite de la fillette. Et que découvrait-il? Une guerrière! En fin connaisseur, Sériac admira son habileté derrière laquelle il reconnut les techniques de combat des pirates de Marsor, avec lesquels il avait eu fort à faire… une dizaine d'années plus tôt. Émerveillé, il contemplait Storine qui, malgré la lourdeur du sabre volé à Corvéus, donnait une leçon magistrale à ce jeune blanc-bec. Il en ressentit une fierté quasi paternelle. «Elle n'a pas perdu son temps à bord du *Grand Centaure*!» Soudain, ses yeux s'agrandirent d'horreur.

— Attention! cria-t-il.

Mais le troisième garde n'eut pas le temps de frapper la fillette. Surgissant du mur de roche, Griffo déchiqueta la poitrine de l'homme. Profitant de cet instant de répit, Éridess plongea au sol, roula sur lui-même, récupéra son épée électrique et se remit en position de combat. Irréelle, comme suspendue dans le temps, cette scène devait s'imprimer pour toujours dans l'esprit du commandor. En deux feintes (des bottes secrètes enseignées par Marsor), Storine fit de nouveau reculer le garçon. Puis elle planta sa lame dans son bras gauche.

Étonnée de ne pas entendre crier son adversaire, elle remarqua le demi-sourire qui se dessinait sur le visage du garçon. Des grésillements étranges émanaient du biceps d'Éridess. Storine retira sa lame d'un coup sec. Incrédule, elle vit alors le bras du garçon se détacher de son épaule et tomber au sol. Storine regarda le membre artificiel se consumer dans une affreuse odeur de caoutchouc brûlé. Les morceaux du puzzle s'emboîtaient les uns dans les autres. Le garçon blond que Storine voyait dans ses rêves n'avait jamais existé. Le manchot qui l'avait soignée, aidée et guidée dans le couloir des mangeurs de chairs…

— C'était toi ! laissa-t-elle tomber, ébahie.

Sous l'effet de la surprise, elle baissa sa garde. Éridess en profita. D'un coup bien ajusté, il visa ses yeux si verts, si noirs, si méprisants ! Storine hurla, lâcha son arme et porta les mains à son visage blessé. Accompagnée d'un grondement sourd, une secousse sismique, plus violente que les autres, ébranla la forêt.

— Le souffle des damnés, bredouilla Éridess, les yeux rivés sur Storine, qui gémissait de douleur.

Il voulut la rejoindre. Mais, jaillissant des montagnes, la colonne de vent envoyée par les anciens dieux de Phobia fondit sur eux en un assourdissant magma de racines, de roches, de branches et de troncs d'arbres arrachés. Éjectés vers l'extérieur de l'œil par la formidable force centrifuge, Sériac, Eldride et Éridess furent balayés comme des fétus de pailles. Au même moment, Storine et Griffo étaient enlevés dans les airs…

10

Le garçon
aux yeux d'ange

«La tornade m'a fauché comme un épi
de blé. Je me trouvais à proximité du premier
des trois transporteurs quand la terre s'est
mise à trembler. Une colonne d'air tourbil-
lonnante, haute d'une vingtaine de mètres,
m'est tombée dessus. Après, je ne me souviens plus très bien de ce qui s'est passé. Il y
a eu une accalmie. Je planais, en apesanteur.
Le sol, le ciel, le paysage défilaient, sens dessus
dessous, autour de moi, mais je restais immobile, comme protégé à l'intérieur d'un cocon
tiède, alors que cette colonne de vent semait
la panique à l'extérieur. Ensuite, je veux dire
après cette "accalmie", j'ai réalisé que je
n'étais plus seul dans l'œil de la tornade. Il y
avait le lion blanc. Et puis…»

147

Un cri de douleur arracha Solarion à l'enregistrement de ses notes de voyages. « Elle s'est réveillée ! »

La tornade les avait déposés sur une corniche escarpée, à une altitude indéterminée, car autour d'eux tout était noyé dans une épaisse brume aux reflets dorés.

— Tout doux, tout doux ! murmura-t-il en s'agenouillant auprès de la fillette aux cheveux orange.

Le lion blanc se précipita, les oreilles dressées, en proie à une fébrilité qui ressemblait à de l'angoisse. Il gémissait, posait son nez froid sur le front ensanglanté de la fillette. Dans un de ses sacs, Solarion prit une compresse en tissu, la mouilla dans sa dernière gourde d'eau potable, puis, hésitant, car le lion blanc était penché de toute sa masse sur la fillette, il tenta maladroitement de lui laver le visage. Pour y parvenir, il se glissa sous le flanc du jeune fauve, sans se rendre compte que sa nuque frôlait les redoutables mâchoires. Griffo comprit que Solarion tentait de porter secours à sa jeune maîtresse et il se retira en grondant. Il s'assit à quelques centimètres de Storine et observa le garçon, en penchant sa grosse tête sur le côté droit.

— Tout doux, répéta Solarion en nettoyant l'entaille sanglante.

La fillette plissa les paupières, fit une grimace.

— Vilaine blessure, commenta Solarion en découvrant la plaie. Heureusement, l'œil n'a pas été touché.

Solarion suspendit son geste. Brusquement, il se souvenait! À un moment donné, prisonnier de la tornade, il avait assisté, pendant une seconde ou deux, à un combat au sabre entre cette fille et un garçon aux cheveux noirs. Puis tout s'était à nouveau brouillé.

— Votre arcade sourcilière gauche a été entaillée, déclara-t-il, et aussi une partie de votre front. Mais ce n'est pas bien grave. La lame n'a fait que glisser. Non, attendez, n'ouvrez pas encore les yeux, je vais maintenant désinfecter…

Sans cesser de maintenir la pièce en tissu sur l'œil gauche de Storine, il tâtonna dans un de ses sacs pour s'emparer d'une minibombe cautérisante, dont il pulvérisa délicatement le contenu sur la plaie. Celle-ci cessa aussitôt de saigner.

— C'est un cicatrisant instantané. Le drôle qui vous a fait ça n'est pas un de vos amis, j'espère? plaisanta Solarion, mal à l'aise.

Il sentit toute sa tension nerveuse disparaître, puis il se mit à rire. À cet instant,
Storine battit des cils. Elle vivait sûrement un
autre rêve. La tornade l'avait projetée contre
les rochers, elle devait être morte. Mais non,
elle était vivante, et le garçon blond existait
réellement ! Allongée sur le dos (des cailloux
entraient dans sa chair mais elle s'en fichait),
elle regardait rire celui qu'elle avait déjà rencontré dans un rêve. Griffo n'attendit pas une
seconde de plus et se précipita dans les bras
de sa petite maîtresse.

— Mon bébé ! s'exclama Storine en s'accrochant de toutes ses forces à son encolure.

Le jeune fauve lui lécha les mains, le cou,
le visage, les cheveux. Il enfouit son nez sous
son menton et frotta sa lourde tête contre sa
poitrine. Solarion fit deux pas en arrière sans
cesser de les contempler, comme on contemple
un miracle. Storine et Griffo restèrent longtemps enlacés. La fillette grattait le fauve sous
le cou. Celui-ci se mit à ronronner de plaisir.
Le son grave et puissant de son ronronnement
envahit l'espace autour d'eux. Solarion voyait
les griffes du lion entrer puis sortir de leurs
coussinets de cuir. Sa gueule se détendait en
un étrange sourire. Son oreille droite avait
vraiment l'air plus longue que la gauche.

Très sensible de nature, Solarion se sentait soudain de trop. Il en éprouva une peine immense. Enfant, toujours seul au milieu des adultes, il n'avait jamais possédé que des lions blancs… en peluche ! Afin d'oublier cette tristesse qui lui nouait la gorge, il se mit à rassembler ses quelques bagages et à regarder autour de lui pour se repérer.

Où diable pouvaient-ils bien être ? Il s'étira, inspira profondément un air frais et pur qui, il s'en apercevait, était bien différent de celui qui stagnait dans les forêts marécageuses. D'où pouvait bien provenir cette différence dans la qualité de l'air ? Et cette brume glaciale et floconneuse qui envahissait son champ de vision ? Une présence dans son dos le força à se retourner.

Le fauve était assis à cinq pas, mais la fillette était près de lui. Simplement. Immobile. À le dévisager. Son chemisier vert foncé, brodé d'arabesques, était crotté de boue et déchiré par endroits. Son col, plié de travers, laissait entrevoir une gorge pâle, striée de marques rouges. Ses mains, qui ressemblaient à celles d'une poupée, pendaient le long de son corps menu. Son pantalon sali, ses bottines défoncées… Mais Solarion ne voyait que son visage ovale et ses grands yeux verts si clairs, comme une eau transparente. Il voulut parler mais aucun mot ne venait. « Je rêve », se dit-il. Il se rappela la vision qu'il avait eue quelques jours plus tôt : ces yeux immenses dans lesquels il s'était baigné... où il s'était senti tellement en sécurité.

Il voulut lui prendre les mains. Elle devait avoir froid. D'ailleurs, ne faisait-il pas très froid ?

— Je m'appelle Solarion, déclara-t-il difficilement, comme s'il avait des cailloux dans la gorge. Et je... je crois que votre blessure, ce ne sera pas grave. D'ailleurs, je...

Les mots venaient. « Ouf ! » Il se sentait mieux maintenant qu'il pouvait parler. Pour lui, les mots, c'était facile et rassurant. Et puis, il avait toujours eu beaucoup d'éloquence.

— Où nous sommes ? Oui, eh bien, euh... attends... Il fouilla dans un de ses sacs. C'est une chance que la tornade ait emporté mes affaires en même temps que moi. Enfin, que nous n'ayons pas été séparés. Tu vois...

Voyait-elle ? Solarion en doutait. Elle le regardait toujours, la bouche entrouverte. Une jolie bouche en cœur, avec un petit grain de beauté sur la lèvre inférieure, côté gauche. Le choc lui avait-il fait perdre l'usage de la parole ? « Non, puisqu'elle a appelé le lion "mon bébé". Quelle drôle de façon d'appeler un lion ! Peut-être qu'elle est idiote, tout simplement. »

Il réussit à allumer sa carte magnétique et il la lui mit sous le nez.

— La tornade nous a emportés ici !

Il indiqua une position sur la carte tridimensionnelle.

— Elle a suivi une courbe à travers les montagnes et nous a déposés…

Solarion resta sans voix, car leur position était impossible à calculer !

— C'est comme si, euh ! nous n'existions plus. Enfin, si. Mais bon, mes instruments de mesure doivent être brouillés. À vue de nez, je dirais que nous sommes, disons, très, très loin de notre position initiale.

Ça n'avait pas l'air de lui faire grand effet. Peut-être qu'en plus d'être idiote, elle était un peu folle !

Soudain, un enthousiasme délirant s'empara de lui. Cette fois, il osa prendre les mains de la fillette.

— Cette tornade n'était pas naturelle. C'est le dieu Vinor qui l'a envoyée. Les Phobiens l'appellent « le souffle des damnés », mais c'est Vinor qui nous a guidés jusqu'ici ! Crois-tu aux dieux ? Et cet endroit, c'est là que je voulais aller. C'est ici que je trouverai ce que je cherche !

Storine s'éveilla de cette transe qui l'avait saisie depuis qu'elle s'était approchée du garçon. Autour d'eux ce n'étaient que lambeaux de brumes étirés par les vents, sommets vertigineux, précipices sans fond. Et lui, il riait, il dansait sur la roche glissante en débitant des sornettes. Il était peut-être beau, ce garçon, mais, oh ! la, la ! il était aussi un peu fêlé !

Une douleur dans son épaule gauche la fit soudain grimacer.

La navette de Sériac piquait du nez, son train d'atterrissage était enlisé dans la vase, mais elle avait résisté au passage des tornades. « Cette tempête a eu du bon », se dit Sériac en traversant le champ de lave durci, débarrassé des horribles créatures qui avaient failli le prendre pour déjeuner. Le commandor pestait d'avoir encore perdu la trace de Storine. « Pressons ! Pressons ! » s'encouragea-t-il. En atteignant le sas de son appareil, il ne put s'empêcher de sourire : Storine se battait comme une vraie pirate.

— Le ciel est encore chargé d'éclairs. Dépêchons-nous de dégager l'appareil !

Aussitôt à bord, il s'assit devant la console de pilotage et brancha le système de repérage multidirectionnel. De son côté, Corvéus fit chauffer les moteurs. Après le passage de la première tornade qui avait emporté Storine, il y en avait eu d'autres. Les éléments en colère avaient littéralement explosé en gerbes de feu et d'éclairs, semant une pluie brûlante sur le littoral et des rafales gorgées d'exynium dans les montagnes obscures. Pianotant sur sa console, Sériac s'arrêta, la bouche sèche. Ce n'était pas tant la disparition de Storine que sa blessure au visage qui l'inquiétait. «Je la retrouverai, décida-t-il. Dussé-je écumer la planète entière ! »

Tout était arrivé si vite. Le duel, puis la blessure infligée à Storine par ce jeune blanc-bec écervelé. Sériac aurait voulu lui tordre le cou, à celui-là. Il serra les mâchoires. La tornade les avait tous rejetés, lui sur Corvéus, Corvéus sur un rocher, et ce foutu garçon contre un arbre : il avait eu ce qu'il méritait.

— Ah ! enfin ! s'exclama Sériac en obtenant une projection de la course de la mystérieuse tornade.

Il calcula la position approximative de l'endroit où, à bout de souffle, les vents avaient dû déposer Storine et Griffo. Mais son enthousiasme fut de courte durée. Il avait beau ordonner à l'ordinateur d'inscrire les coordonnées, celui-ci ne voulait rien savoir et n'affichait qu'un bip sonore, suivi du sempiternel refrain stérile : « Position inconnue, position inconnue ! », ce qui eut pour effet d'exaspérer le commandor. Il fit analyser les résidus d'énergie laissés par la première tornade et découvrit que la violence de celle-ci avait en quelque sorte « percé » un trou dans l'espace-temps pendant deux ou trois dixièmes de seconde. Cette analyse était si inimaginable que Sériac donna plusieurs coups de poing sur la console de l'ordinateur.

— Par tous les trous noirs de la galaxie !

L'appareil s'arracha à sa gangue de boue séchée et s'éleva maladroitement au-dessus du paysage ravagé. Les commandes bien en main, Corvéus attendait les ordres. Un éclair déchira le ciel, faisant trembler l'air autour de la navette. Devant le silence de son maître, le colosse geignit de dépit. Soudain, un signal holographique s'alluma sur son moniteur. Corvéus ouvrit le canal. Tiré de sa transe par le visage grave qui venait d'apparaître sur le plateau de visualisation, Sériac serra les poings.

— Je vous retrouve enfin, commandor ! laissa tomber la voix sévère de l'amiral Thessalla, son supérieur direct.

L'air congestionné du militaire disait clairement qu'il n'appréciait pas que son commandor désobéisse à ses ordres. Après l'attaque du *Grand Centaure*, Sériac s'était volatilisé. Thessalla avait entrepris des recherches. En vain. Et voilà qu'il retrouvait son officier sur la planète Phobia, alors que les troupes impériales livraient bataille dans l'espace contre la coalition des princes phobiens ! Tout à sa propre contrariété, Sériac n'était pas d'humeur à subir les reproches de son amiral. Il avait toujours fait preuve d'indépendance vis-à-vis de l'état-major, et il se moquait bien des réprimandes.

Sériac ouvrit la bouche.

— Pas un mot, commandor. Regagnez la base flottante de Quouandéra sur-le-champ. Nous nous expliquerons à votre retour, lui ordonna Thessala.

〜〷〿〰〜〷〿〰 〜〷〷

Le premier souci de Solarion était de quitter cet éperon rocheux où le dieu Vinor

157

les avait si cavalièrement déposés. Penché sur son calculateur de poche, il tapota l'écran tridimensionnel et marmonna, incrédule :

— Nous sommes à plus de huit mille mètres d'altitude.

La mesure était énorme. Étrangement, s'il faisait froid, l'air était bien plus respirable ici qu'au niveau de l'océan de boue. Il poursuivit ses calculs.

— Nous ne pouvons pas rester ici. Le jour décline et je parie que la température va chuter rapidement.

Que faisait la fillette ? Elle ne le regardait pas, elle ne l'écoutait pas. Le lion blanc non plus, d'ailleurs. Voyant que Storine se grattait désespérément l'épaule gauche, il s'enquit :

— Tu as mal quelque part ?

— Tu as un couteau ? demanda-t-elle en faisant une grimace.

Solarion lui tendit une arme à la lame finement ciselée et au manche sculpté d'arabesques, cadeau d'un des nombreux admirateurs de sa famille. Storine le lui arracha des mains. Elle déchira le tissu de sa manche, puis elle plongea la lame sous sa peau blanche. Le sang jaillit. Les yeux écarquillés, Solarion vit la lame creuser la chair vive. La petite main puis l'avant-bras de la fillette se couvrirent de sang. Épuisée par l'effort et la douleur, Storine poussa un dernier gémissement et, à moitié évanouie, s'écroula au sol. L'adolescent entreprit aussitôt de désinfecter la plaie, car il fallait absolument arrêter l'hémorragie.

— Tu es folle, ma parole ! s'exclama-t-il en contemplant le petit visage crispé par la souffrance.

Ses cheveux orange tombaient sur ses yeux remplis de larmes blanches. La cicatrice qu'elle porterait désormais à la verticale du sourcil gauche lui donnait un air farouche, presque inquiétant. Quand Solarion voulut lui saisir la main et le bras pour les nettoyer, elle se rebiffa.

— Qu'est-ce que tu tiens dans ton poing !

Incapable de répondre, Storine le dévisagea. Il était si bon de s'occuper d'elle ! Il ne fallait pas qu'il découvre le traceur neuronique implanté dans son épaule par Caltéis et qu'elle venait d'arracher.

Elle ne voulait pas qu'il pense qu'elle était une esclave.

11

La grande-duchesse

Laver les plaies de Storine avait épuisé leurs maigres réserves d'eau. Inquiet, mais ne tenant pas à ce que cela se sache, Solarion refit un inventaire de ce qui lui restait de matériel. Il avait un tube plein de pastilles purificatrices. Seulement voilà, sans liquide, même le plus toxique, pas moyen de faire de l'eau potable !

— Nous devons descendre dans la vallée.

Storine considéra l'épaisse masse de nuages qui stagnait autour d'eux et leur bouchait la vue.

— Comment savoir ce qu'il y a au-delà de ce brouillard ? demanda-t-elle en tenant bien serré le pansement que Solarion lui avait fait.

L'adolescent exhiba son calculateur de poche.

— Technologie ! Il y a une profonde vallée, là, dessous. Seulement, comme les parois de notre éperon rocheux sont escarpées, il nous faut réfléchir et trouver une solution.

Oui. Priax, qui était un battant, disait toujours cela. Solarion était heureux sans savoir pourquoi. Leur situation n'était pourtant guère reluisante. Néanmoins, il se sentait bien. Bien et utile. Apprécié. Apprécié pour lui-même. Uniquement pour lui-même. C'était bien la première fois de sa vie ! Le regard innocent que cette fille posait sur lui était une véritable bouffée de fraîcheur.

— On va s'en sortir, déclara-t-il. Tu vois ce chariot antipesanteur. En le réaménageant… je veux dire, en m'arrangeant pour que mes paquets ne prennent pas trop d'espace, nous pourrons nous y asseoir tous les deux.

— Et Griffo ?

Le jeune fauve, en effet, posait un problème. Jamais ils ne tiendraient à trois sur le chariot, même s'il laissait pendre ses sacs à l'extérieur. Solarion regardait tour à tour son chariot et la fillette aux cheveux orange.

— La capacité de ce chariot est de deux cents à deux cent vingt kilos, pas davantage. Au-delà, le système antipesanteur ne fonctionne plus. Par contre, si la descente est trop périlleuse pour nous, ce sera un jeu d'enfant pour Griffo.

Storine réfléchissait. Les parois de la montagne étaient escarpées, mais elles n'empêcheraient pas Griffo de les suivre.

— Je t'explique, reprit Solarion. Nous montons tous les deux sur l'appareil, avec les bagages qui nous restent. Ensuite, grâce à ma commande de poche, nous longeons les parois, doucement, pour permettre à Griffo de ne pas nous perdre de vue.

Cela coulait de source. Storine expliqua le plan du garçon au jeune lion, puis elle alla s'installer sur l'espèce de plateau métallique. Solarion s'agenouilla à côté d'elle, prit sa commande de poche. Comme la température baissait rapidement, il sortit d'un de ses sacs une couverture en fibre végétale.

— On va se couvrir avec. On aura chaud et ça nous protégera du vent.

— On n'ira pas trop vite, hein ? Il faut que Griffo nous suive !

— Je te le promets.

Storine aurait bien voulu monter sur Griffo. Il était assez grand, maintenant, pour supporter son poids. Elle pensa qu'elle aurait dû se trouver sur Paradius, avec son père. Là, il aurait terminé sa formation de guerrière, et elle aurait enseigné à Griffo l'art de la chasse. Ils auraient couru ensemble dans les grandes steppes sauvages dont lui parlait Marsor. Mais les regrets étaient inutiles : elle était trop faible pour monter Griffo et son père, qui allait la retrouver, c'est sûr, tardait à venir la secourir. Pilotant leur étrange plate-forme d'une main experte, Solarion passa son bras autour de ses épaules.

— Je ne voudrais pas que tu tombes, précisa-t-il, tandis que la plate-forme se mou-vait dans le vide.

Ils flottaient dans la brume glaciale, à l'aplomb de la paroi rocheuse, mais Storine n'avait pas peur. Un choc inattendu contre le roc la fit se raccrocher de toutes ses forces à Solarion. Elle se sentait rassurée auprès de lui. Cette sensation, elle l'avait déjà éprouvée auprès de son ami Santorin, lorsqu'elle vivait sur la planète Ectaïr. Marsor, son père, avait également ce pouvoir de la rendre totalement heureuse. Mais avec ce garçon, tout était dif-férent. Elle contemplait son beau profil, son front plissé par la concentration, ses magnifiques cheveux blonds qui frisaient sur ses tempes et sa nuque. La bonne odeur de sa peau. Mais elle avait l'intuition qu'il y avait plus que ça. Pour mieux comprendre, elle ferma les yeux. Côte à côte sur le petit plateau, chaudement enveloppés par la couverture, Storine se laissait peu à peu imprégner par l'idée, à la fois ridicule et merveilleuse, qu'ils n'étaient pas totalement des étrangers l'un pour l'autre.

Sa dernière pensée fut pour Eldride et pour Éridess le manchot qui l'avait soignée dans sa cellule. Solarion la vit grimacer de dégoût. Il ôta son bras de ses épaules et reporta son attention sur les volutes de gaz dans lesquelles ils plongeaient doucement.

⟨ ⟩

Allongé sur sa couche, à bord du transporteur terrestre, Éridess ne cessait de se tourner et de se retourner. Le visage blême, il revivait son combat contre Storine. Pourquoi avait-il eu ce geste malheureux ? Même s'il la trouvait arrogante et insupportable, jamais il n'avait eu l'intention de la blesser sérieusement. Comme toujours, il gâchait tout, il détruisait tout. Épouvanté par son geste, il avait voulu s'excuser. Mais les tornades s'étaient abattues, la tempête d'exynium s'était déchaînée, répandant derrière elle ses gaz toxiques. Projeté avec violence contre un arbre, il avait perdu connaissance. À son réveil, son père veillait à son chevet.

— Vorcom…, avait seulement dit le marchand, le visage crispé par l'angoisse d'avoir failli perdre son fils.

Que l'ancien pirate lui ait porté secours ne signifiait rien pour Éridess. Seule la certitude d'avoir blessé Storine importait. Même son père, penché sur lui, le laissait indifférent. Qu'était-il arrivé à la petite ? Était-elle toujours en vie ? Et, surtout, l'avait-il rendue aveugle ?

— Les dégâts seront bientôt réparés, lui avait dit Caltéis. Nous allons pouvoir repartir. Vorcom est arrivé à temps pour voir la tornade emporter la fille de Marsor. Les dieux aient son âme…

« Non ! Non, se dit Éridess, c'est impossible. »

C'est alors qu'il songea à Eldride. Il se leva, sortit de ses appartements et se dirigea vers sa petite chambre. Il allait y pénétrer quand il se rappela soudain que ni son père ni Vorcom n'avaient mentionné le sort de la deuxième fille. Il fit demi-tour et entra dans le bureau de son père.

— Mon fils ! s'exclama le vieil homme, étendu de côté sur une courtepointe de soie semée de nombreux coussins fleuris.

Le parfum capiteux du marchand baignait la pièce surchargée de draperies aux couleurs criardes.

Éridess sut immédiatement que son père était en proie à une nouvelle crise de tremblements. Son teint blafard faisait ressortir ses rides profondes et ses yeux globuleux. De la bave coulait sur sa petite barbiche toujours soigneusement taillée.

— Aide-moi, Éri…

Le garçon posa sa main unique sur la nuque du vieillard, puis il ferma les yeux. Cela faisait des années qu'il tentait de le soigner. Son toucher thérapeutique freinait l'avancée du mal, mais, à terme, ils savaient tous deux que la mort était inéluctable. Sa main fut bientôt enveloppée d'une lumière orangée. L'énergie se fraya un chemin dans la moelle épinière du vieil homme. Très jeune, Éridess avait découvert ce don, un jour où il s'était écorché un genou. Il avait spontanément posé la main sur sa blessure : celle-ci s'était cicatrisée en quelques minutes. Depuis, il lui semblait que son père l'aimait davantage. Mais était-ce pour lui-même ou pour ce don providentiel et inexplicable ?

— Père, demanda-t-il alors que le vieil homme soupirait de soulagement, qu'est-il advenu d'Eldride ?

— Elle était blessée, inutile, invendable…

Le garçon se dressa d'un bond.

— Par les dieux, qu'en avez-vous fait ?

« De l'air, pensa Eldride, j'étouffe ! »

Il y avait eu le duel, puis cette souffrance atroce dans son corps qui lui avait arraché des larmes lorsque Éridess avait activé son traceur neuronique. Enfin, ce vent terrible qui l'avait projetée contre un rocher.

« Du sang dans ma bouche. » Elle voulut bouger. « Je suis attachée. » La jeune fille repensa au *Grand Centaure*, à cette punition durant laquelle elle et Storine avaient été toutes deux ficelées ensemble comme des saucissons. Qu'était-il arrivé à son amie ? « Mais d'abord, bouger. » Ses pieds et ses mains prirent la mesure du coffre dans lequel on l'avait jetée comme un jouet cassé. «Je suis dans un cercueil», se dit-elle. Elle voulut crier, mais elle se rendit compte qu'on l'avait bâillonnée. Persuadée de périr étouffée, les symptômes d'une crise de claustrophobie l'envahirent. Cette fois-ci, personne n'entendrait ses cris. Prise de convulsions, elle donna des coups de pied dans les parois de bois. Après avoir rêvé de liberté, de richesse et de voyages spatiaux avec Storine et Griffo, elle allait mourir là, seule dans l'obscurité, comme un animal.

«Je suis trop jeune pour crever! Je n'ai pas échappé au *Grand Centaure* pour finir bêtement sur cette planète maudite!» Tout son corps lui faisait mal, mais elle frappa, encore et encore, jusqu'à ce qu'une voix lui parvienne, comme au travers d'un épais brouillard:

— Storine! cria-t-elle, Storine!

Un grincement retentit, un flot de lumière jaillit dans son sarcophage, une main lui arracha son bâillon. Comme revenue d'entre les morts, Eldride avala une profonde goulée d'air. Puis, ayant fait le point sur le visage de son sauveur, elle éclata en sanglots.

— Éridess...

Le garçon trancha ses liens et l'aida à sortir du cercueil de bois.

— J'ai eu si peur…, laissa tomber celui-ci.

Eldride vit tout à la fois les outils utilisés par le garçon pour la délivrer, la vingtaine de cercueils entassés pêle-mêle dans le petit entrepôt, l'air désemparé de l'adolescent. Elle passa ses bras autour du cou d'Éridess et lui embrassa maladroitement le visage en pensant combien c'était bon de vivre et d'être aimée.

La navette du commandor Sériac se faufila parmi des navires de guerre regroupés autour de l'astéroïde aménagé en base spatiale, qui servait de quartier général à l'amiral Thessalla. Quouandéra, neuvième base astéroïde de l'armée impériale, était maintenant en orbite autour de la planète Phobia.

Sériac donna ses mots de passe aux contrôleurs de navigation, puis il engagea son appareil dans un corridor d'approche.

« Tout ceci est plutôt bon signe, se dit-il en considérant le ciel peuplé de vaisseaux de l'espace. L'armée se regroupe. Je me demande si le *Grand Centaure* a été repéré et arraisonné. »

Vêtu de son plus bel uniforme, il se dirigea vers la salle de conférences de l'état-major. Il ne craignait pas le courroux de son supérieur. Sa mission avait échoué, soit ! Marsor courait toujours, d'accord ! Il avait déserté pour se remettre à la recherche de Storine, et après ! Sa croisade contre Marsor lui faisait penser à un combat entre deux Titans. Chaque fois que sa route avait croisé celle du pirate, Sériac s'était senti infiniment vivant, comme si leurs affrontements mobilisaient en eux ce qu'ils avaient de meilleur. Sériac savait pourtant qu'il devait s'inquiéter. Thessalla était un officier supérieur et lui, un simple agent secret, déguisé en commandor. Pourtant, il conservait dans son cœur cette espèce d'euphorie qui lui venait des dons de guerrière de la petite Storine. « Je deviens gâteux ! »

En se tournant vers Corvéus, il ordonna :

— Garde ton communicateur allumé. Si jamais les choses tournent mal, tiens-toi prêt à décoller.

Un frémissement dans son dos lui donna des sueurs froides. Et si l'amiral ordonnait son arrestation ? Les sens en éveil, prêt à dégainer son sabre au besoin, il se présenta au planton de service. Celui-ci le fit entrer dans la salle du conseil sans plus attendre. La grande pièce ouverte sur l'espace était étrangement calme. Quelques spots d'une lumière blafarde jetaient un voile inquiétant sur l'énorme table et les fauteuils vides. Où était l'état-major ?

— Que signifie ? s'exclama le commandor pour se donner une contenance.

Un fauteuil avait été placé face à la baie vitrée. Il pivota lentement sur lui-même, révélant une jeune femme vêtue d'un manteau d'hermine si long qu'il traînait sur le plancher. Assise bien droite, les mains croisées sous son menton, elle dévisageait l'officier. Sériac ne baissa pas le regard. Il apprécia en connaisseur : « Un visage en ovale, une bouche moqueuse. » La jeune femme était belle et elle le savait. Son port de tête aristocratique, son attitude arrogante plurent tout de suite au commandor. Par-delà l'âge et leur différence de condition, il sentit qu'elle cachait une énergie et une diablerie qui répondaient aux siennes. « Le pire, c'est qu'elle devine chacune de mes pensée, et elle rit, et elle se moque ! »

Comme pour lui donner raison, la jeune femme de dix-sept ans eut un sourire sardonique qui étira ses longues lèvres sensuelles.

Ses yeux en amande, d'une jolie couleur mauve, se plissèrent avec malice, ce qui donna à son visage un air canaille. Toute proche, une navette passa dans le ciel noir de l'espace. Son reflet métallique accrocha le diadème qu'elle portait au front. Son abondante chevelure noire lustrée, si sombre sur son manteau blanc, acheva de séduire le commandor.

— Je n'aime pas le silence, déclara-t-elle en se levant. C'est triste et froid comme la mort.

Elle lui présenta sa main à baiser. Sériac s'inclina très bas, prit cette main gantée à la fois douce et ferme, et y posa ses lèvres. À ce moment, l'amiral Thessalla entra, ce qui le fit sursauter. Crispant les mâchoires, il s'en voulut de s'être laissé surprendre.

— Votre Grâce, déclara l'amiral mal à l'aise, je vous présente le commandor Sériac Antigor.

La grande-duchesse Anastara eut un mouvement imperceptible du menton, comme si elle connaissait déjà l'identité de l'homme. Le commandor se détendit comme un ressort et fit le salut militaire.

— Laissez-nous, amiral…, murmura la grande-duchesse.

Thessalla quitta la pièce d'un pas raide. Il n'aimait pas que des civils viennent troubler les affaires de l'armée. Pourquoi cette petite-fille de l'impératrice avait-elle soudain décidé de se mêler de cette guerre?

— Que me vaut cet honneur? commença Sériac, un demi-sourire aux lèvres.

— Il s'agit bien de cela, commandor. Veuillez vous asseoir et écouter très attentivement la proposition que j'ai à vous faire…

12

Les marécages
de l'âme

— Storine ? C'est bizarre comme prénom. Jamais entendu dans tout l'espace. D'où ça vient ? demanda Solarion en se mettant torse nu.

La fillette souffla sur une de ses mèches orange. Sa blessure au front lui donnait mal à la tête. Cela faisait plusieurs jours qu'ils avaient atteint le fond de cette vallée et, depuis, ils n'avaient pas cessé de marcher à travers des bois et des marécages fumants, peuplés d'étranges animaux à écailles. Où étaient les grandes brousses d'Ectaïr, l'odeur des herbes brûlées, de la terre chaude ? Ici ne régnaient que brumes froides, trous de vases et, par-dessus tout, cet air lourd qui oppressait la poitrine et faisait bourdonner les oreilles.

175

Malgré cela, Storine ne se plaignait pas. Deux envies opposées la tiraillaient sans répit : retrouver Eldride et s'enfuir de cette planète, ou suivre Solarion dans cette étrange quête dont il hésitait à lui expliquer les détails.

« Il me prend pour une gamine... », songea-t-elle en mâchonnant le petit grain de beauté qu'elle avait sous la lèvre inférieure.

C'était la troisième fois qu'ils découvraient un petit étang aux eaux saumâtres. Pas plus que les autres, celui-ci ne donnait à Storine l'envie de s'y baigner. Il était parsemé de plantes aquatiques suspectes, l'eau avait des reflets glauques, et l'ensemble dégageait une pestilence à vous soulever le cœur. Malgré cela, Solarion s'apprêtait à s'y tremper jusqu'au cou.

— Heu... peux-tu te retourner, s'il te plaît ! lui demanda-t-il au moment de baisser son pantalon.

« Et pudique, avec ça ! » La fillette haussa les épaules et répliqua :

— Storine est un nom qui vient de la planète Ectaïr. Ça signifie « tempête de lumière » et c'est pas plus bizarre que Solarion !

— Tempête de lumière..., répéta l'adolescent en pliant ses affaires avec soin tout en prenant délicatement entre ses mains le petit manuscrit à reliure bourgogne de la déesse Vina. Ça te va bien.

Comme à chaque arrêt, Griffo leur avait faussé compagnie pour aller chasser. De loin en loin, ils entendaient des hurlements d'animaux, suivis de l'immanquable rugissement de victoire du fauve. Storine fermait les yeux. Elle voyait son lion planter ses crocs dans la gorge de sa proie. Elle se sentait envahie par une fierté toute maternelle. Cette fois-ci encore, Griffo rugit. Mais en regardant Solarion entrer dans la mare, Storine ne ressentit que du dégoût.

— Sais-tu que Solarion est un prénom d'origine noble, porté à travers les siècles par de nombreux hommes célèbres ?

« Qu'est-ce que je m'en fiche ! » pensa la fillette en se demandant si elle ne ferait pas mieux de partir seule de son côté pour retrouver Eldride. Qu'était devenue son amie après le passage de cette « tornade divine », comme disait Solarion ? « J'espère qu'elle s'en est sortie vivante ! » En même temps, abandonner Solarion, seul, dans ces marécages, c'était comme songer à quitter Griffo ou à se couper un bras. Ce sentiment, si imprévu qu'il l'empêchait presque de respirer, l'étonnait et l'effrayait tout à la fois.

— Je suis sûr que tu te demandes pourquoi je me baigne dans ces étangs nauséabonds ? reprit Solarion en ouvrant son livre.

Storine se sentait attachée au garçon par des liens secrets et complexes. « Pourquoi ? » se demanda-t-elle en lui répondant qu'il y avait de sales bestioles dans cette eau dégueulasse et qu'il sentait toujours très mauvais après ses drôles de bains.

— Tu ne peux pas comprendre ! lui répondit Solarion.

— Bien sûr ! s'exclama-t-elle. Si on m'explique pas, comment je peux deviner ?

Elle se mordit les lèvres, car elle venait d'avoir une réaction de petite fille, ce qu'elle cherchait à éviter à tout prix. En compagnie de Solarion, elle voulait être plus intelligente, plus savante, plus adulte. Elle s'en étonna puisque c'était la première fois de sa vie qu'elle faisait des efforts pour plaire à quelqu'un. La nuit tombait sans bruit. Comme chaque soir, un épais brouillard allait s'installer. Storine plaça deux pastilles purificatrices dans un récipient rempli d'une eau saumâtre. Les bruits du crépuscule, coassements, sifflements, bêlements mystérieux, allaient entonner leur lugubre concerto. La lumière rouge de l'étoile Attriana s'éteignait déjà, laissant de petites touches écarlates entre les frondaisons. La planète, d'une circonférence de près de cent dix mille kilomètres, tournait sur elle-même en un peu plus de trente heures. D'après Solarion, cela expliquait en partie la fréquence et la violence des tempêtes. Un froissement dans les fourrés annonça le retour de Griffo.

Tout en craignant d'entendre hurler Solarion comme la première fois lorsqu'une sorte de crabe lui avait mordu un orteil, Storine s'assit, mains sur les genoux, pour écouter le garçon lire à voix haute l'incantation rituelle. De l'eau jusqu'à mi-corps, il tenait le livre entre ses mains. « *Manourah Atis Kamarh-ta Ouvouré.* » Ce psaume sacré, répété à trois reprises par la voix presque grave de Solarion, donnait à Storine l'envie de pleurer, sans qu'elle sache pourquoi. Le garçon leva le bras qui tenait le livre au-dessus de sa tête, puis il plongea tout entier dans l'eau glauque. Le cœur battant, Storine compta les secondes. Et s'il ne remontait pas ? Et si une sale bestiole se glissait entre les joncs et le piquait ? Et si ce que Solarion souhaitait – mais quoi au juste – arrivait ?

Après un temps qui lui sembla durer une éternité, Solarion ressortit piteusement de l'étang. Comme toujours, Storine lui tourna le dos pendant qu'il se rhabillait. Elle se retenait de rire et, en même temps, elle était soulagée qu'il ne lui soit rien arrivé. En se rappelant les instructions du garçon, elle alluma le petit bloc chauffant qui leur tenait lieu de feu de camp. L'appareil se mit à bourdonner, puis à luire d'une jolie lumière orangée. Une douce chaleur se répandit à trois mètres à la ronde.

— Au menu ce soir, déclara-t-elle en souriant, heu! ça, ça et ça…

Elle ouvrit plusieurs bols contenant une sorte de mélasse onctueuse et végétale, certes délicieuse, mais qui ne valait pas le gibier rapporté par Griffo ou les fruits qu'elle cueillait sur Ectaïr. Solarion vint s'asseoir à ses côtés. Elle n'eut pas besoin de le questionner pour savoir que, cette fois encore, «ça» n'avait pas fonctionné. Ils mangèrent en silence tandis qu'autour d'eux se refermait l'étau fantomatique de la brume. La mine défaite, Solarion était perdu dans ses pensées. Il termina son plat à moitié, puis, se pelotonnant dans sa grande couverture chauffante, il s'étendit sur le sol glaiseux.

— Tu dois me prendre pour un fou, n'est-ce pas?

Storine ne répondit pas.

— Ça ne doit pas être drôle de voyager avec quelqu'un qui se baigne dans chaque trou d'eau à la recherche de…

Il prit son petit manuscrit et le montra à la fillette.

— Il n'en reste que quelques exemplaires dans tout l'empire. Celui-ci se transmet dans ma famille depuis des millénaires. C'est le livre sacré de Vina. Vina, la femme du dieu Vinor… Connais-tu l'histoire des dieux de l'empire ? Non, bien sûr, tu es trop jeune…

— Je sais des tas de choses ! répliqua Storine, piquée au vif.

Elle lui parla des légendes que lui racontait son père, le soir, avant qu'elle ne s'endorme. Marsor lui avait conté les guerres que s'étaient livrées les dieux avant que naisse l'empire d'Ésotéria. Entre autres, la bataille qui avait jeté la discorde entre Vinor et son frère Sakkéré, le dieu des Ténèbres.

— Mon père a des milliers de vieux bouquins comme le tien ! décréta-t-elle en soufflant sur ses mèches rebelles.

Elle lui parla d'Érakos, le Grand Unificateur, celui qui commandait aux lions blancs.

— Érakos était le messager de Vinor, précisa Solarion, enchanté de découvrir chez sa compagne un goût aussi prononcé que le sien pour la mythologie impériale. C'est ton père qui t'a raconté ces légendes ? Il doit être un sage. J'aimerais bien le connaître.

Storine ne répondit pas. Depuis qu'elle était arrivée sur Phobia, elle avait crié à tout le monde qu'elle était la fille de Marsor le pirate, et ça ne lui avait valu que des ennuis. Avec Solarion, elle ne voulait pas commettre la même erreur. Son père était un hors-la-loi. Par conséquent, elle aussi pouvait être arrêtée et emprisonnée. Mieux valait rester discrète.

— Si tu me disais pourquoi tu te baignes en récitant cette prière ? lui demanda Storine en dégustant ses dernières cuillerées de mousse.

Solarion se raidit. S'il respectait les silences de Storine, lui aussi avait ses secrets. Il avait parlé de sa quête à quelques personnes déjà, et toutes, sans oser lui rire au nez, avaient semblé pour le moins sceptiques. Pouvait-il se fier à cette jeune inconnue qui dictait ses volontés à un lion blanc ? Solarion contempla Storine : son petit air buté, son nez fin, sa bouche aux lèvres bien dessinées, ses grands yeux verts si pâles en ce moment, si lumineux, si envoûtants. Sa peau claire et, bien sûr, cette nouvelle cicatrice qui barrait son sourcil gauche et montait à l'assaut de son front tout embroussaillé de mèches rebelles. Contempler cette fille inconnue lui apportait une paix et une sérénité comme il n'en avait jamais connu, ou alors il y avait bien longtemps, quand il n'avait que quatre ou cinq ans. Et il avait beau y réfléchir, il se demandait bien pourquoi. «Elle est si jeune… Non, se dit-il, je suis sûr que Storine n'est pas vraiment une étrangère. Elle ne se moquera pas.»

L'humidité du soir, les blancs tentacules de brume, l'haleine invisible de la forêt, ses bruits étranges, la présence rassurante de Griffo qui dévorait bruyamment son repas à quelques mètres d'eux : tout cela était si différent de son habituel cadre de vie ! Solarion sourit, heureux d'être si loin de tout, heureux d'être libre, heureux de vivre. Il prit une profonde inspiration.

— Vina, la grande déesse de la Vie occulte, parle dans son livre saint d'un lieu, dans l'espace, où l'on peut plonger au fond de soi pour y découvrir sa vérité fondamentale.

Un peu fâché d'utiliser des mots aussi compliqués pour une enfant – il oubliait parfois qu'il n'avait lui-même que quinze ans ! –, il s'interrompit. Storine l'écoutait avec intérêt. Solarion se sentait à sa place, dans cette forêt humide, sur cette planète perdue aux confins de l'empire. En harmonie avec l'univers.

— Cet endroit, poursuivit-il, il est ici, sur Phobia et, plus précisément, au cœur des montagnes obscures. Tu te souviens lorsque nous avons été déposés sur la montagne par la tornade, je t'ai dit que notre position n'existait pas. Ça veut dire que nous nous trouvons dans une zone non répertoriée sur les cartes officielles. La tornade, envoyée par le dieu Vinor, a creusé un passage dans la toile de l'espace-temps et nous a conduits dans un territoire situé à la limite vibratoire de l'univers physique. Un monde jamais exploré, même par les habitants de la planète. Un endroit qui effraie les mercenaires et les esclavagistes. Tu sais, j'ai parcouru la moitié de l'empire pour découvrir cet endroit. Ma famille ne sait pas où je suis. J'ai fugué, tu comprends? Je n'avais pas le choix. Il fallait que je sache…

— Que tu saches… quoi?

— Qui je suis. Qui je suis vraiment! Et quelle est ma mission en cette vie.

Storine ne s'était jamais posé une question semblable.

— Je ne sais pas pour toi. Tu es une petite fille bien étrange, tu sais ! (Storine fit une vilaine grimace.) Mais, chez moi, je me sens oppressé. On me dit toujours quoi faire et je n'ai d'autre choix que d'obéir. Ils me disent (il prit une voix volontairement nasillarde) : « Ton destin est de suivre les traces de tes ancêtres. » Ils me répètent : « Tu as été choisi par Vinor ! » Moi, je veux savoir si c'est vrai. Que le dieu me le dise par sa bouche. Cette planète a toute une histoire. Certains mystiques prétendent même qu'elle est le vrai berceau de notre civilisation.

Storine se sentait gagnée par le sommeil. La chaleur de son repas se répandait dans son corps. Elle qui, autrefois, passait des jours entiers dans la brousse d'Ectaïr sans se fatiguer, voilà qu'elle tombait d'épuisement. Pourtant, il ne fallait pas s'endormir. Solarion était sur le point de partager avec elle un grand secret. Elle voulait tellement être digne de sa confiance. Elle but un verre d'eau purifiée et lui sourit pour l'encourager à poursuivre son récit.

— *Le Livre de Vina* parle des « marécages de l'âme ».

Solarion éclata de rire :

— Cette planète en possède plus de cent mille ! Imagine !

— C'est pour ça que tu te baignes dans chaque étang ?

— Chacun d'eux peut cacher celui que je cherche, l'unique Marécage. Je me plonge dedans et je récite l'incantation. Le véritable Marécage de l'Âme est comme un miroir. Il renferme une parcelle du pouvoir de divination de la déesse.

— Mais jusqu'ici ça n'a pas marché, hein !

Solarion plaça son bras sous le nez sensible de la fillette. Celle-ci fit une grimace. Tous deux éclatèrent de rire. Cet instant magique rappela à Storine d'autres moments semblables : elle et son ami Santorin devant les berges de son étang secret, sur la planète Ectaïr ; elle et Marsor le pirate, à bord du *Grand Centaure*. Autant de bons souvenirs qu'elle gardait précieusement dans son cœur. Cependant, avec ce garçon, c'était différent. En riant toujours, elle comprit, avec une certaine frayeur, que, si jamais elle devait être séparée de lui, elle en aurait mal dans tout son corps. Cette soudaine révélation fit jaillir ses larmes. « Aimer, c'est dangereux ! » Elle songea à ses grands-parents adoptifs, à Santorin, à

Marsor. « Tôt ou tard, on doit partir. On doit se séparer. »

Solarion lui prit la main. Un peu surprise, Storine resta immobile, le souffle suspendu. L'adolescent poursuivit :

— La légende dit que Vina est bonne et généreuse, mais qu'elle ne donne rien pour rien. Quand j'aurai découvert le véritable Marécage de l'Âme, la déesse me dira qui je suis vraiment. Elle me révélera le but de ma vie. Ensuite, il faudra que je lui verse un tribut.

— Qu'est-ce qu'une déesse peut bien demander à un mortel ?

Le garçon sortit d'une sacoche accrochée à sa ceinture un petit instrument de mesure qui ressemblait à un caillou.

— La déesse se paie elle-même, en te prenant un peu de ton énergie vitale.

Devant l'incompréhension de la fillette, il ajouta, en lui mettant l'instrument sous le nez :

— Chaque révélation peut te coûter des mois, et même des années de ta vie. Tu vieillis, quoi.

— Mais c'est du vol !

— N'empêche que ça en vaut la peine.

Storine pensa combien c'était bon d'être là, simplement, et d'écouter parler Solarion.

Oui, c'était bon. Qu'avait-il dit? Découvrir qui il est? «Oui, pour moi aussi, ce serait bien. Savoir pourquoi le commandor Sériac me poursuit depuis Ectaïr. Savoir de qui je suis vraiment la fille…»

13

Mille dangers

Solarion rêvait d'étreintes passionnées quand il s'aperçut qu'il dormait dans les bras d'une jeune femme aux longs cheveux noirs lustrés. Ce détail le glaça d'effroi. Il s'éveilla en sueur. Dans les derniers instants de son rêve, les bras chauds s'étaient changés en bras de fer. La jeune femme le dévisageait. Dans ses yeux, il y avait de l'ironie et du mépris – tout ce qu'il cherchait à oublier sur la planète Phobia.

L'aube était encore loin. La brume recouvrait de son voile spectral les arbres et les fourrés alentour. Un profond silence régnait dans la vallée. Solarion tendit l'oreille, dans l'espoir d'entendre un son humain. Complètement réveillé, il chassa son cauchemar d'un battement de cils et chercha Storine des yeux.

Elle dormait à poings fermés, roulée dans sa couverture, près d'une étrange masse blanche. Solarion fouilla la brume du regard. La masse blanche eut un frémissement. Deux yeux rouges se posèrent sur lui. Solarion reconnut Griffo, couché sur le flanc. Totalement abandonnée au sommeil, Storine était blottie entre ses pattes, la tête posée contre la gorge du lion. La fillette et le fauve semblaient ne former qu'une seule entité. Un demi-sourire aux lèvres, Solarion se jura qu'aussi longtemps qu'il vivrait, jamais il n'oublierait cette image.

En pensée, il revit la fillette, la veille, alors que Griffo avait déposé sa proie sanguinolente à ses pieds. Storine lui avait demandé son couteau. Avec des gestes qui dénotaient une longue habitude, elle avait découpé un morceau de viande crue. Ensuite, seulement, le jeune lion s'était jeté sur la carcasse. Storine avait fait cuire sa viande sur le bloc chauffant, puis elle l'avait partagée avec lui. Leurs yeux s'étaient croisés: «Je fais toujours ça, avait-elle expliqué. Mais quand Griffo sera adulte, je devrai attendre qu'il se soit servi avant de prendre ma part.» «Oui, comment pourrais-je oublier cette scène…», se dit Solarion en songeant combien il aurait aimé se trouver à la place de Storine dans les pattes du lion blanc.

La veille, Storine s'était assoupie contre son épaule. Pendant quelques minutes, il avait poursuivi son récit. La joue de la fillette était douce contre son cou, il avait longuement respiré l'odeur de ses cheveux. Il voulait lui prendre la main mais il n'osait pas. Elle pourrait se réveiller, le regarder avec ses yeux verts, si durs parfois, le repousser, peut-être ! Alors, il lui avait murmuré à l'oreille une vieille berceuse que lui chantait sa grand-mère quand il était enfant. Quelques notes. Des na ! na ! na ! Rien de compliqué. Il avait songé s'étendre à côté d'elle sous sa couverture. Mais Griffo était venu.

Solarion avait compris que Storine appartenait avant tout au lion. « Et inversement », s'était-il dit en cédant sa place à regret. Griffo avait dodeliné de la tête – il aimait bien ce garçon –, et s'était couché près de Storine. Souriant dans son sommeil, elle s'était blottie contre lui. En ronronnant de plaisir, Griffo avait longuement léché la chevelure orange avant de poser son nez froid contre la gorge de la fillette.

Quelques heures plus tard, alors que le ciel virait lentement au rouge, ils reprirent leur marche en direction du cœur des montagnes obscures : ce lieu où Solarion était certain de découvrir l'authentique Marécage de l'Âme. Après trois heures de marche, il s'adossa au tronc d'un arbre. Les frondaisons formaient d'étranges ogives végétales et répandaient au niveau du sol une douce lumière imprégnée d'une puissante odeur de musc. Penaud de montrer ainsi sa fatigue, le garçon fit mine de consulter sa carte électronique tandis que Storine, montée en croupe sur Griffo, n'arrivait pas à se débarrasser d'une jolie mélodie qui lui trottait dans la tête. Elle considéra Solarion et son étrange (et si utile !) plate-forme antipesanteur chargée de leurs bagages. « On dirait un chien qui suit son maître », pensa-t-elle en se désaltérant à une gourde en peau de gronovore.

— On va dans la bonne direction ? demanda-t-elle.

— Qui peut le dire ?

L'adolescent grimaça.

— Si j'en crois mon appareil, nous nous trouvons à présent au niveau de l'océan. Mais le truc doit être détraqué.

Il s'approcha d'un bosquet touffu dont la chair végétale, aussi grasse qu'un fruit, se piquait de longues corolles noir cendré.

Comme Storine aimait sentir chaque chose, elle pencha son visage vers les pistils.

— Attention ! s'écria Solarion en la tirant brusquement par les épaules.

Sous le regard ébahi de Storine, il toucha le cœur de la fleur avec une tige de bois. Les pétales exhalèrent aussitôt une buée acide qui fit grésiller la branche et répandit alentour un petit nuage couleur safran.

— L'iris noir de Phobia, expliqua Solarion. Cette variété de fleurs, très rare d'habitude sur les planètes de type H, est une vraie calamité dans l'empire. Elle est vénéneuse. On en tire des drogues très puissantes. Un peu plus et elle te brûlait les yeux.

Storine le dévisagea. Qu'il était beau quand il parlait ! Son visage s'animait, des étincelles brillaient dans ses yeux bleus. Perdue dans sa contemplation, elle entendit à peine Solarion ajouter que ces fleurs, sur Phobia, poussaient d'ordinaire à plus de trois mille mètres d'altitude et qu'il ne comprenait plus rien à la carte tridimensionnelle qu'il avait sous les yeux.

— Mais c'est peut-être normal, après tout, puisque nous nous trouvons dans une sorte de dimension parallèle.

Storine allait enfourcher Griffo quand Solarion, qui vérifiait les sangles de son attirail de survie, se mit soudain à se contorsionner comme un fou. La fillette plissa les yeux afin de mieux voir dans la pénombre, et distingua des petites étincelles de feu virevoltant autour du garçon.

— Quelque chose ne va pas ?

Elle mit pied à terre et marcha dans sa direction, mais Griffo lui barra le chemin en grondant. Un bourdonnement de plus en plus aigu, au fur et à mesure que s'égrenaient les secondes, envahit les bois.

— Solarion ?

— Va-t'en ! lui répondit celui-ci en se donnant des claques sur le visage, dans le dos, sur le torse.

Malgré le danger qu'elle sentait s'installer sournoisement, elle voulut le rejoindre, mais le garçon se mit à courir comme un fou dans sa direction, son chariot antipesanteur le talonnant dans un effroyable tohu-bohu. Au passage, il prit la fillette par la main et l'entraîna dans sa course. Storine s'abstint de lui demander ce qui se passait quand elle aperçut l'essaim de moustiques lumineux les prendre en chasse.

— Le venin de la fleur les a attirés, haleta Solarion en la poussant devant lui. Il faut sortir de cette forêt !

Sans s'occuper de la direction à prendre, ils coururent à perdre haleine, bras repliés sur le visage pour se protéger des basses branches et des épines.

— Ces moustiques, s'écria Solarion, s'ils te piquent, tu meurs !

Il n'en fallut pas plus pour que Storine accélère encore, Griffo à ses côtés. Soudain, le garçon trébucha contre une racine. La fillette fit demi-tour sans hésiter.

— Grimpe sur Griffo ! Vite !

Puis, donnant une claque sur la croupe du lion, elle s'élança de nouveau. Accroché à la courte crinière du fauve, Solarion sentait chaque soubresaut dans tout son corps. Comme il était très grand, ses pieds raclaient le sol. Heureusement, une trouée de lumière filtrait à l'orée de la masse végétale. Sur leurs talons, le chariot antipesanteur cahotait, percutait un arbre, transperçait les fourrés. Encore dix mètres, et ils se retrouveraient en terrain découvert.

Arrivée en bordure de la forêt, Storine poussa un cri de stupeur. Devant elle s'ouvrait un précipice vertigineux qui plongeait dans une masse brouillardeuse insondable.

— Qu'est-ce qu'on fait ?

Solarion tomba au sol, roula sur lui-même, se releva aussi sec.

— Pas le choix !

Il la poussa vers la brume. Storine se tourna vers Griffo. Un regard leur suffit.

— C'est pas une bonne idée, déclara-t-elle.

— Je ne tiens pas à finir en chair à saucisses pour moustiques, rétorqua Solarion. Écoute !

Le bourdonnement n'avait pas cessé. Au contraire, il semblait croître à chaque seconde, enflammant le feuillage pourtant ininflammable. De l'autre côté, ce précipice et cet océan de brume n'étaient guère plus rassurants.

— On n'a pas le choix ! répéta Solarion en la suppliant du regard. Il faut sauter !

Il lui prit la main. À peine avaient-ils fait quelques pas que le sol se déroba sous leurs pieds.

Le grondement de Griffo répondit à leur cri d'épouvante.

— Parle-moi, murmura Éridess. Parle-moi encore du *Grand Centaure*.

Courbé au-dessus d'une table en bois sur laquelle Eldride était allongée sur le ventre, le garçon promenait sa main unique de guérisseur sur les blessures de la jeune fille.

— Je vivais à bord du *Grand Centaure*, répondit faiblement Eldride en se mordant les lèvres. La première fois que j'ai rencontré Storine, on s'est battues.

Réfugiés tous deux dans les appartements du garçon, ils entendaient vibrer les parois du transporteur. Une fois réparé, le convoi avait repris sa route en direction de Phobianapolis. Éridess écoutait le récit d'Eldride et, en même temps, il grimaçait en découvrant des taches rouges sur ses reins. Ces taches, les mêmes que celles que son père portait un peu partout sur le corps, étaient dangereuses. Mais pourquoi inquiéter cette fille qui ne cessait de le remercier parce qu'il s'occupait d'elle?

— C'est la première fois qu'on me soigne, lui avoua Eldride entre deux petits cris de douleur.

— J'ai l'habitude. Mon père…, répondit-il en songeant combien cette fille était malade.

«D'abord, les typhrouns venimeux. Ensuite, ces décharges électriques infligées par le traceur neuronique. Et enfin, la tornade qui l'a projetée contre un mur de roche.» Il lui palpa les côtes. Eldride en eut le souffle coupé. «Trois os brisés, poursuivit Éridess. Et pour finir, ces taches rouges…»

Depuis qu'il avait lu cette chose incroyable dans les yeux de l'esclave, il se sentait très nerveux. «De l'amour.» Il en avait été estomaqué. «Cette fille m'aime! Comment est-ce possible?» D'habitude, les esclaves qu'il gardait pour ne pas être seul pendant la traversée n'éprouvaient que haine, dégoût et mépris pour lui. Et voilà que de la façon la plus inattendue, une fille tombait amoureuse de lui. Éridess se sentait si bizarre qu'il avait du mal à avaler sa salive. Un court instant, il crut qu'il allait pleurer. Mais il ne fallait pas.

— Astrigua, la maîtresse des esclaves, nous a attachées l'une à l'autre dans une cellule pendant que le *Grand Centaure* attaquait un groupe de navires commerciaux, poursuivit Eldride. Comment as-tu perdu ton bras?

Éridess se crispa. Il n'en avait jamais parlé à quiconque, excepté son père. La voix de la fille était si douce, pourtant, qu'il se résigna. Les images, longtemps enfermées dans sa mémoire, jaillissaient, moins douloureuses qu'il n'avait cru.

— J'avais des amis, des jeunes de Phrygiss. Nous étions partis en safari dans la forêt. Nous sommes tombés sur un drognard, une sorte de rat géant à la bave venimeuse. J'ai été mordu. (À cet instant, la peine et la colère rejaillirent.) Depuis, je n'ai plus d'amis et mon père a fait exterminer tous les drognards à des centaines de kilomètres à la ronde.

Tandis qu'Eldride imaginait comment, après cette morsure, on avait dû amputer l'adolescent pour lui éviter la gangrène, Éridess se représentait Storine et Eldride attachées ensemble. Il bougea sa main, lentement, tout en songeant à ce que Vorcom et son père lui avaient dit : « Tu peux garder la fille jusqu'à notre arrivée à Phobianapolis. Mais ensuite, nous nous en débarrasserons. Dans son état, elle est devenue invendable… »

En sortant, Éridess était si fatigué – c'était toujours comme ça après avoir utilisé son pouvoir de guérison –, qu'il souhaitait s'allonger dans sa chambre.

Eldride souriait dans la pénombre. « Reposetoi », lui avait dit Éridess. Puis il était sorti. Éridess l'avait sauvée, il l'avait portée jusque dans ses appartements, il l'avait soignée. La jeune fille ferma les yeux et revécut chaque instant passé en sa compagnie. À un certain moment, elle avait souhaité que la main d'Éridess soit si grande qu'elle puisse la recouvrir tout entière. Cette idée la fit tressaillir. Elle s'endormit en songeant à l'avenir. « Arrivée à Phobianapolis, je serai guérie. Alors, Éri et moi, on s'échappera. Mais avant, je reprendrai à Caltéis les deux sacs d'argon qu'il m'a volés. »

« Quelle femme ! » s'exclama le commandor Sériac en repensant à son entretien avec la grande-duchesse Anastara.

Assis au poste de pilotage de la navette, Corvéus jetait de fréquents coups d'œil à son maître, sans comprendre pourquoi Sériac avait tenu à prendre les commandes à sa place, ni pourquoi il pilotait d'une main aussi molle alors que d'habitude il n'hésitait pas à se croire seul dans l'espace. Ce qui n'était pas le cas puisqu'en quittant Quouandéra, le commandor s'était mêlé à une escouade de chasseurs impériaux envoyée en renfort sur Phobia pour appuyer la prochaine vague d'assauts.

— Tu te poses des questions, mon ami? lui dit le commandor, un demi-sourire aux lèvres.

Retrouvant un semblant de sérieux, il se surprit à se questionner sur la vraie raison de sa bonne humeur. Après tout, il n'avait rien aimé de son entretien avec cette jeune pimbêche impériale, venue de la lointaine capitale, pour fourrer son nez – un très joli nez, d'ailleurs – dans une guerre qui était une affaire de militaires.

— Pour qui se prend-elle? s'exclama-t-il en retrouvant peu à peu sa manière usuelle de piloter.

Il fit une queue de poisson à un groupe de chasseurs, et cela rassura Corvéus qui commençait à s'inquiéter.

La navette plongea dans les immenses nappes stratosphériques jaunes, mauves et grenat, saturées d'exynium, ce gaz si nocif pour la santé humaine. Corvéus enclencha le système de purification d'air, car son maître, dont l'humeur passait du rose au noir, ne se rendait pas compte du danger. Frôlant les ailes des autres chasseurs, il ignorait même leurs messages. Franchement insultés, certains pilotes allèrent jusqu'à menacer le commandor de le torpiller s'il continuait à manœuvrer ainsi !

« Mais aussi, quelle femme ! » ne put-il s'empêcher de répéter en évoquant la silhouette élancée, si fragile et si féminine, de la grande-duchesse.

Il sourit encore puis grimaça. Au nom de son père, le grand chancelier impérial, qui était lui-même un des fils adultérins de feu l'empereur Ramaor, Anastara lui avait ordonné de repartir sur la planète Phobia pour s'acquitter d'une mission spéciale ultra-confidentielle.

— L'amiral Thessalla lui-même n'est au courant de rien, avait-elle précisé.

Le commandor avait hésité pour la forme. Après tout, la planète était maintenant la proie d'une guerre sans merci entre les princes phobiens, dont les armées avaient été vaincues dans l'espace, et les impériaux qui se rapprochaient sans cesse de Phobianapolis. Voyant leur cause perdue, les princes s'étaient rassemblés sur Phobia pour défendre la planète de leurs ancêtres. Et franchement, le commandor n'avait aucune envie d'y retourner. Storine ? Oui, seule l'idée de retrouver l'enfant aurait pu le forcer à remettre les pieds sur cette terre maudite. Mais comment la dénicher sur un aussi vaste territoire ?

— Vous n'avez pas le choix, commandor ! avait ajouté Anastara. Mon père vous a en grande estime…

« La belle affaire ! s'était dit Sériac en repensant à une vieille mission qui datait d'il y a dix ans. À cette époque aussi, il m'avait en haute estime. »

— Retournez sur Phobia et vous ne le regretterez pas.

Il sortit de sa poche un émetteur-récepteur.

— Vous n'aurez qu'à suivre le signal pour atteindre votre but. Vous voyez, c'est simple, avait dit Anastara.

« Trop simple », pensa Sériac. Bien sûr qu'il n'avait pas le choix ! Anastara, petite fille adultérine de l'impératrice, était, disait-on, très liée avec son jeune cousin, le prince d'Ésotéria, désigné comme futur empereur par le Saint Collège des maîtres missionnaires de Vinor.

Une main se referma sur le bras de Solarion. Il avait eu si peur en sentant le sol se dérober sous ses pieds qu'il n'avait pensé qu'à une seule chose : « Je ne peux pas mourir

203

maintenant. » Et voilà qu'une main secourable le tenait suspendu dans le vide.

— Storine ! haleta-t-il. Par Vinor !

Un gémissement le rassura. La fillette était vivante. Le souffle coupé, elle semblait souffrir. « De quoi ? » Solarion réalisa soudain que c'était elle qui le retenait de toutes ses forces, et qu'elle ne pourrait pas résister très longtemps. Il regarda autour de lui sans rien distinguer d'autre que les volutes de brume. Ses pieds cherchèrent en tâtonnant la paroi rocheuse. Peu à peu, il reprit appui sur du solide.

Storine avait cru que ses muscles allaient se déchirer.

— Où sommes-nous ? demanda-t-elle.

Solarion sortit sa boussole électronique. Il dut l'approcher à deux centimètres de son visage pour pouvoir lire les diagrammes inscrits à l'écran.

— Il semble qu'il y ait une autre vallée, à mille mètres sous nos pieds. Je nous croyais au niveau de l'océan. J'aurais dû me douter que nous étions encore en altitude, en découvrant le bosquet d'iris noirs.

En se rapprochant de Storine, il sentit la fourrure chaude et douce de Griffo sous ses doigts. Il murmura dans les cheveux de la fillette :

— Tu m'as sauvé la vie, Sto. Je ne l'oublierai jamais.

— Écoute ! lui répondit-elle.

Le jeune homme tendit l'oreille.

— Tu as raison, il y a quelque chose.

— On dirait un chant.

— Ou une chorale.

— Que c'est beau !

— Attends.

Solarion fit plusieurs réglages sur son minuscule écran tactile.

— Là, j'ai un écho précis de la provenance de ce chant. Neuf cent quatre-vingt-six mètres plus bas, huit kilomètres en aval. Par contre, ce que je ne comprends pas…

Le garçon s'approcha de son chariot antipesanteur et s'assura que ses paquets étaient bien fixés. Puis ils montèrent dessus. En activant la commande de mouvement, Solarion reprit :

— Ce n'est pas grave. Allons-y !

Tous les sens en alerte, ils disparurent dans les épaisses volutes de brume…

14

Les voix de bronze

Peu à peu, le brouillard se déchira. Après avoir descendu le long de la paroi rocheuse, ils arrivèrent aux abords d'une grève qui s'ouvrait à l'infini sur un lac aux reflets mordorés. Muets d'admiration, ils avancèrent sur la plage de graviers multicolores en faisant le moins de bruit possible. Storine songea qu'ils foulaient peut-être le rivage inviolé de quelque mystérieuse divinité. L'eau du lac offrait au ciel dégagé de tout nuage un miroir, dans lequel se réverbérait le disque écarlate de l'étoile Attriana. Les yeux grands ouverts, les jambes flageolantes, Storine respira profondément. Les sons graves et profonds qui les avaient guidés jusque-là emplissaient le paysage d'une paix ineffable, sans âge, comme si ce chant contenait en lui-même l'espace et le temps. Solarion parla le premier :

— Voilà ce que je ne comprenais pas…(Il fit un geste qui englobait le ciel et le lac.)… le vide que je lisais sur mon écran.

Il ouvrit *Le Livre de Vina* et traduisit d'une voix grave :

— « Le cœur du vieux continent, paré de ses trésors d'autrefois, te recevra dans ses bras. Tu y puiseras l'inspiration qui t'ouvrira les portes des Mystères de la vie. » Voici mon interprétation, commenta le jeune homme. Guidés par la déesse Vina, nous sommes arrivés à l'endroit où se trouvait jadis la cité d'Éphronia, au centre de laquelle s'élevait le bassin de Vina, le seul et véritable Marécage de l'Âme !

Il prit Storine par la main.

— Maintenant, nous devons rejoindre la plus grande des îles d'Éphronia.

— Quelles îles ?

— Là…

Storine suivit la direction indiquée par Solarion et découvrit, au loin, plusieurs taches d'un doré plus sombre que les flots.

— On dirait des constructions de métal.

— Les sept îles d'Éphronia et ses temples du pouvoir ! s'exclama Solarion en déchargeant sa plate-forme antipesanteur.

Un à un, il posa sur la grève les derniers sacs qui lui restaient.

— Il nous faut toute la place.

Griffo ne semblait guère tenté à entreprendre la traversée. Mais quand Storine et Solarion prirent place sur la plate-forme, il dodelina de la tête et embarqua à son tour. «Il est gros et bien nourri par la faune phobienne», pensa Storine en souriant comme une mère poule.

— Pour le poids, ça risque d'être juste, grommela Solarion. De toute façon, les modes d'emploi mentent toujours un peu.

La fillette grimpa sur le dos du lion tandis que Solarion, télécommande en main, se cala entre ses pattes. Quand la plate-forme glissa silencieusement à la surface des eaux, Storine sentit son cœur se crisper dans sa poitrine. Ce lac aux reflets de bronze, sans vagues ni remous, n'avait sans doute pas été survolé depuis des millénaires. Mais les chants invisibles étaient si beaux qu'elle avait hâte d'aborder l'île principale. La tête sous la gorge de Griffo, Solarion pilotait son véhicule avec une extrême prudence. La fillette le sentait nerveux. N'étaient-ils pas en territoire interdit?

— Il y a des centaines de milliers d'années, expliqua Solarion, la planète Phobia était au sommet de sa gloire. *Le Livre de Vina* parle d'une civilisation de sages et d'érudits capables, dit-on, de créer des corps pour recevoir des âmes immortelles. La légende prétend que, sur les murs des temples, sont gravés des formules secrètes et des plans de machines extraordinaires. De nombreux aventuriers ont essayé de découvrir le lac sacré d'Éphronia. Aucun d'eux n'est jamais revenu. Nous serons les premiers, Storine !

— Tu ne veux pas monter sur le dos de Griffo ? Tu verrais mieux où nous allons.

— Si je bouge, nous risquons de chavirer.

Dans la main gauche, Solarion tenait sa télécommande, tandis que dans la droite, il serrait son précieux manuscrit : la seule de ses possessions, avec le bracelet offert par Priax, qu'il n'avait pu se résoudre à abandonner sur le rivage. Devant eux, à une centaine de mètres environ, s'élevait une grève d'un doré sombre presque métallique, surmonté d'une construction éthérée de verre translucide : le premier des sept temples.

— Les Phobiens de cette époque étaient divisés sur bien des points, poursuivit le garçon. Des stèles, retrouvées dans quelques ruines par des explorateurs, parlent de guerres effroyables.

— Les hommes ne pensent qu'à détruire, coupa Storine en songeant au commandor Sériac, à Caltéis et à Éridess le manchot.

— Il semble que, dans leur cas, la planète elle-même ne supportant plus leur attitude belliqueuse se soit révoltée contre ses habitants. Des cataclysmes d'une violence inouïe balayèrent toute vie sur la planète.

— C'est vraiment la planète qui a fait ça ? demanda Storine, incrédule.

— En tout cas, c'est ce que j'ai pu ou cru déchiffrer dans les psaumes du *Livre de Vina*. Ils sont rédigés en ancien vinorien, la langue des dieux. Personnellement, je pense plutôt que l'étoile Attriana, en vieillissant, s'est peu à peu transformée en géante rouge. En prenant du volume, elle a perturbé l'écosystème de la planète, ce qui a engendré les cataclysmes. D'ailleurs, si on analyse l'histoire de ce système stellaire, on se rend compte que…

— Qu'est-ce qu'il y a ?

— Tu ne sens rien ?

Storine regarda autour d'elle mais ne vit rien d'autre que les flots toujours aussi calmes, presque irréels, ainsi que les sept îles maintenant bien visibles.

— Les chants, répondit-elle après une hésitation, c'est comme si nous étions en plein dedans.

— Non, rétorqua Solarion. Nous n'avançons plus.

Il avait raison. Storine entendait toujours le bourdonnement un peu sourd des micro-réacteurs de la plate-forme, mais ils faisaient du surplace.

— Là ! s'écria la fillette.

Une silhouette, puis deux, puis un groupe d'hommes et de femmes, vêtus de longues tuniques du même doré que celui des eaux du lac, se matérialisaient entre ciel et eau, à une cinquantaine de mètres de leur position.

— Les chanteurs ! bredouilla Storine, émue malgré elle.

— Les prêtres d'Éphronia, corrigea Solarion. Regarde ! Ils sont assis dans la position de Vinor, mais en même temps, ils lévitent au-dessus des temples.

Storine contemplait ces êtres d'une beauté surnaturelle qui chantaient, les yeux clos, leurs visages aussi paisibles que s'ils étaient plongés dans un sommeil profond. Malgré leur immobilité forcée, la fillette n'avait pas peur. Intrigué, Griffo observait la dizaine de silhouettes suspendues dans le vide. Storine ne sentait aucune tension chez le jeune fauve. Était-ce leur chant grave et serein, ou bien la puissance paisible de ce lac ? Solarion lui-même ne cherchait plus à comprendre. Ils se trouvaient au cœur du territoire interdit de l'ancienne civilisation phobienne. Conscients de la chance extraordinaire qui s'offrait à eux, ils restaient silencieux, respectueux, suspendus dans le temps, comme s'ils vivaient eux-mêmes un rêve merveilleux.

— Regarde ! Cette lumière bleue au-dessus de nous, partout autour de nous ! s'extasia Storine en bougeant au ralenti.

« Nous sommes vraiment dans une autre dimension, se dit Solarion. Sinon, comment pourrions-nous contempler les sages d'Éphronia, morts depuis des millénaires ? »

— Je la vois ! répondit-il. On dirait que ces prêtres la créent par la force de leur chant. On dirait… une immense prière de paix projetée dans le ciel de Phobia.

Lentement, un des prêtres s'approcha de leur plate-forme. Lorsqu'il fut à cinq ou six mètres d'eux, il ouvrit les yeux. Storine étudia son visage à la fois doux et massif, ses joues pleines, sa bouche aux lèvres charnues, ses grands yeux dont les pupilles reflétaient toutes les couleurs de l'arc-en-ciel. Le prêtre se

 213

tenait immobile au-dessus d'eux. Soudain, il entonna la prière sacrée de Vina. *«Manourah Atis Kamarh-ta Ouvouré.»*

À ses côtés, flottant dans le vide, apparurent des stèles de pierre sur lesquelles étaient gravées, en ancien vinorien, les paroles de cette prière. La magie se poursuivait. L'instant devenait éternité. Puis le prêtre s'inclina devant Storine et Solarion. Les chants cessèrent. Les stèles s'évanouirent. À tour de rôle, chaque prêtre et prêtresse vint s'incliner devant eux en récitant la prière sacrée.

Solarion en fut si bouleversé qu'il lâcha son précieux manuscrit. Celui-ci tomba dans le lac. Storine entendit le plouf! familier d'un corps tombant dans un liquide, mais rien ne se produisit. Intriguée, elle regarda la surface du lac… et ne vit plus qu'un précipice sans fin! Les muscles de son corps se crispèrent, la tête lui tourna, une nausée monta dans sa gorge.

— Solarion!

Elle n'eut pas besoin d'en dire davantage. L'adolescent avait eu le même réflexe. Storine chercha des yeux la dizaine de sages qui s'étaient groupés autour de leur plate-forme, mais ils avaient disparu. Il ne restait rien d'eux. La magnifique énergie bleutée qui, une seconde auparavant, nimbait encore la voûte céleste avait disparu.

— Que s'est-il passé? demanda Storine en enfouissant ses mains dans la crinière de Griffo.

Trois appareils de guerre traversèrent le ciel à très haute altitude. Leurs silhouettes pâles, presque irréelles, semblaient provenir d'un autre monde.

— Des croiseurs impériaux! s'exclama Solarion. En altitude, la paroi dimensionnelle qui sépare cet univers de l'autre doit être mince, sinon on ne pourrait pas…

Leur plate-forme prit soudain de la gîte.

— Les moteurs! bafouilla le garçon en appuyant sur plusieurs boutons lumineux de sa télécommande.

Le visage figé par l'incompréhension la plus totale, il se tourna vers Storine pour lui crier quelque chose. Aucun son ne sortit de sa gorge. Privée de son énergie, la plate-forme tangua puis tomba dans l'abîme comme une pierre…

15

La Grande Illumination

Ils s'éveillèrent sur cette même grève de cailloux multicolores qu'ils avaient découverte plus tôt, contemplant le lac tranquille, immuable, baigné de ce silence cristallin qui semblait se moquer d'eux. Le nez au ras du sol, Griffo cherchait une explication en poussant des couinements à fendre l'âme. Storine n'eut pas besoin de traduire : le jeune fauve semblait aussi désorienté qu'eux.

— C'est de la magie, murmura Storine en claquant des dents.

Elle scruta les eaux du lac à la recherche des sept îles métalliques en forme de tumulus, mais n'en trouva aucune. Solarion faisait les cent pas, les yeux perdus dans les cailloux, à la recherche d'une hypothèse intelligente et logique pour satisfaire son esprit de déduction.

— Nous avons survolé le lac, nous avons vu les îles, les temples, les sages. Nous avons entendu leurs chants, nous sommes tombés dans le vide… Et puis, nous nous retrouvons, une fois encore, sur les berges du lac.

Il leva la tête et chercha machinalement, loin au-dessus d'eux, un rivage ou un autre lac superposé au leur, sans rien voir d'autre que l'écrasante étoile Attriana et son voile écarlate traversé par des rubans de nuages verdâtres.

— Nous n'avons pas rêvé, dit-il à haute voix. Les sages d'Éphronia nous ont attirés jusqu'à eux, volontairement, en utilisant la tornade. Cette tornade a creusé un trou dans l'espace-temps et nous a déposés à des milliers de kilomètres de notre première position. Ces sages existent bel et bien, mais ils vivent dans un monde parallèle au nôtre. Je crois que nous sommes entrés dans ce monde parallèle quand nous avons traversé le rideau de brumes, juste après avoir échappé aux moustiques de feu. *Le Livre de Vina* nous dit que des êtres spirituels, dans tout l'espace, veillent sur les mondes. Un de mes oncles, qui est aussi mon tuteur, pense qu'ils forment une sorte de confrérie secrète, à l'échelle de l'univers. Les sages que nous avons vus doivent prier pour la survie de cette planète, de plus en plus menacée de destruction par les radiations trop puissantes dégagées par l'étoile Attriana. Et puis...

— Si nous avions rêvé, l'interrompit Storine, tu retrouverais ta plate-forme antipesanteur, toutes tes affaires et ton manuscrit.

— *Le Livre de Vina*, répéta machinalement Solarion. Je ne l'ai plus, mais je ne m'inquiète pas.

— Je croyais qu'il était précieux pour toi et ta famille.

— Il l'est. Mais, vois-tu, ce livre a été perdu plusieurs fois au cours des millénaires, et il revient toujours à son propriétaire légitime.

Storine allait répliquer quand le visage de Solarion s'illumina. Il fouilla dans les poches de sa combinaison déchirée, trouva sa boussole électronique, alluma l'écran...

— Incroyable !

— Quoi ?

— Ça ne fonctionne pas. Ce qui veut dire que nous nous trouvons toujours dans ce monde parallèle.

Très intuitive et douée d'un sens de l'orientation hors pair, Storine hocha la tête.

— Peut-être. En tout cas, nous sommes de l'autre côté du lac.

Devancée par Griffo qui humait l'air, elle s'éloigna de quelques pas.

— Tu as raison, lui répondit Solarion en la rejoignant. L'inclinaison de la plage est moins prononcée, mais les falaises au-dessus de nous sont beaucoup plus escarpées.

Après avoir escaladé les immenses blocs de granite, ils se retrouvèrent à l'orée d'un bois dont les frondaisons, très sombres et empoussiérées de brume, rougissaient sous les feux du couchant de l'étoile Attriana. La tendre fraîcheur s'estompa, remplacée par une chaleur poisseuse très incommodante. Le brouillard les enveloppa soudain comme une purée de pois.

— Écoute !

Solarion tendit l'oreille. Un gargouillis d'eau filtrait au travers des taillis. Ce ruissellement, le premier bruit naturel qu'ils entendaient depuis qu'ils avaient abordé les rives du lac sacré, leur fit l'effet d'un heureux présage.

Ils débouchèrent près d'une petite rivière dont les eaux bondissaient gaiement sur des rochers aussi ronds que des dos de tortues. Storine repéra un coude peu profond, planté de joncs, dans lequel le flot, ralenti par une barrière de roches moussues, semblait reprendre son souffle.

Ruisselante de transpiration à cause de l'épaisse touffeur de l'air, elle se déshabilla et plongea avec délice dans l'eau, sous le regard méfiant de Griffo. Avec une grimace de dégoût, Solarion observait les rochers alentour, tachés de fientes encore fumantes issues de quelque étrange volatile.

— Chacun son tour ! lui lança-t-il, tout souriant, en repensant à ses horribles bains glacés.

Il avait été stupide de croire en cette légende du véritable Marécage de l'Âme. Il se sentait frustré par cet échec et, en même temps, il était content d'être là, d'avoir vécu tout ça.

— Elle n'est peut-être pas très propre mais elle est presque fraîche, cette eau ! lui répondit Storine en l'éclaboussant.

Solarion restait silencieux.

— Quelque chose ne va pas ?

— Je pense à ces taches sur les rochers.

— Tu ne veux pas te baigner ? Oh !

— Qu'y a-t-il ?

Storine avait les yeux fixés dans l'eau. Elle tendit une main tremblante vers Solarion et bredouilla :

— Là… ces points dorés…

Un second remous, plus violent que le premier, rida la surface.

— Ne bouge pas, lui cria Solarion.

Il s'approcha et entra doucement dans le bassin. La fillette lui entoura aussitôt le torse de ses bras. Il la serra spontanément contre lui, tout en cherchant ce qui l'avait effrayée. Tout semblait si paisible. « Pour que je me baigne, se dit-il, elle s'est imaginé une frayeur de gamine et j'ai mordu à l'hameçon. » Le souffle suspendu, dégoulinants, ils se regardèrent en silence, sans vraiment réaliser qu'ils vivaient une de ces secondes d'éternité qui font dire, bien plus tard, qu'une fois ou deux dans sa vie on a été totalement heureux. Quand le jeune lion blanc se mit à gronder, ils s'arrachèrent l'un à l'autre.

— Là…, répéta Storine en désignant d'étranges bestioles lumineuses qui grouillaient dans l'eau verdâtre.

Ils n'eurent pas le temps de faire un mouvement. Deux ombres, plongeant des hautes frondaisons, leur cachèrent soudain la lumière. Un battement d'ailes aigu et métallique. En une fraction de seconde, Storine se rappela son arrivée sur Phobia.

Au-dessus d'eux, un couple de papillons géants, aux ailes dorées, entamait une danse : ce même ballet aérien qui précédait toujours les attaques meurtrières des typhrouns.

— Ils vont nous cracher leur venin, haleta Storine en se protégeant d'instinct la tête de ses bras.

Insensibles aux rugissements du jeune fauve, les deux papillons à faciès de serpent déployèrent leurs ailes. Quand, dans une vrille plongeante, ils touchèrent la surface, Storine plongea la tête sous l'eau. Impressionné par la frayeur de sa compagne, Solarion aspira une bouffée d'air et l'imita dans une gerbe glauque.

Ce qu'ils vécurent ensuite devait marquer leur mémoire à jamais.

Des pleurs retentissaient aux oreilles de Storine. « Sous l'eau ? » s'interrogea-t-elle en se disant que ces vagissements étaient ceux d'un nourrisson. Peu à peu, ses yeux entrevirent des formes, des couleurs. Elle ne sentait plus le fond de l'étang, ni les rochers ronds sous ses mains, ni même la présence de Solarion. « Je vais me noyer », pensa-t-elle en réalisant qu'elle perdait pied. Autour d'elle évoluaient les vers luisants. « C'est comme si, subitement, je me retrouvais au fond du lac sacré. » Elle pensa que les sages d'Éphronia, qui tout à l'heure les avaient téléportés d'un endroit à un autre, continuaient d'utiliser leur magie. Des images prenaient vie autour d'elle. « Je respire. Comment est-ce possible ? » Puis une scène irréelle s'imposa à son esprit.

« Le véritable Marécage de l'Âme… », songea-t-elle en assistant, bouche bée, à une sorte d'assemblée dans un grand hémicycle, tout illuminé, où elle *sentait* des milliers de présences. Elle se tenait debout, vêtue d'une longue robe faite d'un matériel translucide qui semblait se nourrir de la lumière ambiante. « J'accepte la mission », s'entendait-elle dire. Pourtant, curieusement, si elle avait conscience de ce qu'elle disait, il lui semblait que ce n'était pas vraiment elle qui parlait. Avait-elle d'autres traits ? Était-elle plus vieille, adulte ? Il lui semblait que sa voix était celle d'une sage ou quelque chose de ce genre, et que ceux à qui elle s'adressait étaient si grands, si beaux, qu'elle ne faisait qu'apercevoir leurs silhouettes. Mission. Devoir. Périls. Urgence. Ces mots jonglaient dans sa tête. Puis l'image s'estompa peu à peu. La lumière disparut. Un grand froid s'abattit sur elle. Elle ressentit une sorte de déchirement. L'impression de tomber dans un monde lugubre et dangereux. Un nourrisson pleurait quelque part. «Je viens au monde», se dit-elle en un éclair de lucidité, tel que l'on en vit seulement dans ses plus beaux rêves. Une autre image prit forme devant ses yeux.

Un ferraillement magnétique emplissait une pièce richement décorée. Sur une baie vitrée, l'espace défilait, peuplé d'énormes blocs de pierre qui tourbillonnaient comme si l'appareil à bord duquel elle se trouvait était pris dans un champ de météorites. Storine sentait une odeur de transpiration. «L'odeur un peu rance des pirates.» Deux hommes s'affrontaient dans cette pièce où trônait le berceau du nourrisson. Il y eut un choc, suivi de plusieurs secousses. «Le vaisseau est abordé par un autre appareil, ou bien il y a eu collision», se dit Storine. Des cris de guerre retentirent. Et toujours ces pleurs d'enfant!

Un visage se pencha sur celui du bébé. Storine eut un sursaut quand elle reconnut les traits sombres découpés au couteau, les yeux noirs brûlants et les épais sourcils embroussaillés. « Sériac ! »

Corvéus arracha le poupon à son berceau. Elle pensa mourir quand elle se rendit compte que ce bébé qui pleurait et que l'on enlevait, c'était elle !

16

L'écrasement

Storine n'arrêtait pas de grelotter. Craignant qu'elle ne sombre dans la folie, Solarion la déposa entre les pattes de Griffo. Le fauve se mit à lui lécher consciencieusement le cuir chevelu, et, peu à peu, elle se calma. Le garçon était encore sous le choc de l'expérience qu'il avait lui-même vécue. Sans lâcher la main de Storine, il bredouillait :

— La grande paix de Vinor. Nous avons connu la Grande Illumination.

Ses yeux brillaient d'un feu nouveau. Son voyage sur Phobia n'avait pas été inutile. Priax n'était pas mort pour rien. Vina était venue à lui. À moitié dans les vapes, Storine s'accrochait au jeune lion blanc. Qu'avait-elle vu de son passé ou de son avenir pour se retrouver dans un pareil état ?

Satisfait de ce que lui, Solarion, avait vu dans la grande paix de Vinor, il alla ramasser les vêtements de la fillette.

Lorsque Storine retrouva toute sa lucidité, elle était recroquevillée entre les pattes de Griffo. Elle s'habilla lentement, encore plongée dans les visions qui l'avaient assaillie. En naissant, elle avait accepté d'effectuer une mission très importante. Laquelle ? Elle l'ignorait. Et pourquoi le commandor Sériac l'avait-il enlevée quand elle était bébé ? Solarion lui dit quelque chose qu'elle n'entendit pas. « À moins, songea-t-elle, que... Oui, bien sûr ! »

— Storine ! répéta le jeune homme en montrant du doigt l'étang enveloppé de brume.

Les vers qui leur avaient fait si peur affleuraient maintenant à la surface de l'eau, ouvraient leurs ailes minuscules, poussaient des petits cris métalliques. Un, puis deux de ces vers dorés s'envolèrent maladroitement, bientôt imités par leurs frères et sœurs. Pendant quelques minutes, ils tourbillonnèrent gaiement à la verticale de Storine et de Solarion, en répandant sur eux une pluie d'étincelles dont le flamboiement, tombant au ralenti, composait avec la brume environnante une magnifique chapelle de lumière.

— Des bébés typhrouns, murmura Storine, éblouie.

Les mots prononcés par le vieil esclave dans le château de Caltéis lui revinrent à la mémoire.

— Voir des typhrouns dorés, c'est un signe de bonheur, ajouta-t-elle. Je ne le croyais pas, mais c'est vrai.

— Tu as sans doute raison, lui répondit Solarion en faisant la grimace.

— Que se passe-t-il?

— Le tribut.

Le garçon sortit de sa ceinture le mini-analysateur en forme de caillou. Il l'actionna et, sous le regard perplexe de la fillette, il se le posa sur le front.

— Alors?

Solarion le décrocha pour en faire une lecture.

— Rien.

— La déesse ne t'a rien pris?

— Pas un jour, pas même une heure de ma vie. Pourtant, j'ai reçu une réponse à chacune de mes questions.

Pris d'un doute, il dévisagea Storine.

— Tu ne te sens pas… bizarre?

Elle haussa les épaules. Solarion plaça l'appareil sur le front de Storine. Ils attendirent quelques secondes… Le garçon reprit son analyseur de poche.

— Qu'est-ce qu'il y a ? Qu'est-ce que tu lis ?

Comme Solarion ne répondait pas, elle lui arracha son drôle de caillou des mains.

— C'est la première fois que ça arrive, balbutia le garçon.

— Deux cents. C'est le chiffre inscrit sur l'écran. Ça veut dire quoi ?

— Deux cent jours, Sto. La déesse a pris deux cent jours de ta vie. Tu as vieilli de huit mois. Huit fois vingt-cinq jours en mesure d'Ésotéria, cela fait huit mois. Tu ne te sens vraiment pas différente ?

Huit mois ? Cela lui faisait quel âge, alors ? Treize ans ? Non, plus proche de treize et demi. En quelques minutes. Pourtant, elle se sentait exactement comme avant. Devait-elle vraiment croire en cette déesse vengeresse qui faisait vieillir ceux qui venaient consulter son oracle ?

— Partons, déclara Storine, qui décida de réfléchir à la question… mais plus tard.

— Oui, il le faut. Storine ?

Étonnée de voir les yeux du garçon si bleus, elle leva la tête. Il la prit doucement par les épaules.

— Veux-tu me suivre ? Veux-tu venir avec moi ? Tu ne sais pas grand-chose de moi et… toi non plus, tu ne m'as rien dit de toi, mais…

Storine baissa les yeux.

— Je ne peux pas, murmura-t-elle tristement. Je dois aller à Phobianapolis. J'ai des choses à faire.

— Mais quoi, par Vinor ?

— Je suis arrivée ici avec une amie. Je ne repartirai pas sans elle.

À son air buté, à sa mâchoire serrée, Solarion comprit qu'elle ne changerait pas d'avis.

— Il faut que j'aille à Phobianapolis, répéta-t-elle en se hissant sur l'encolure de Griffo. Ensuite, seulement, je quitterai cette planète.

— Laisse-moi venir avec toi.

Ils s'affrontèrent du regard. La fillette se souvint qu'Éridess avait parlé de batailles entre les princes phobiens et l'armée impériale. Son compagnon était, certes, beau et courageux, mais il était plus idéaliste et romantique que mercenaire.

— Il y a la guerre à Phobianapolis.

— Ça, je le sais ! rétorqua Solarion. Je viens avec toi.

— Eldride est prisonnière d'un marchand d'esclaves, ajouta-t-elle dans l'espoir de le décourager.

— Je viens avec toi et il n'y a plus à discuter, déclara l'adolescent.

Afin de cacher sa joie, Storine souffla sur ses mèches rebelles. Puis elle donna un coup de talon dans les flancs de Griffo.

— Tu l'auras voulu.

Après avoir franchi un second mur de brumes, Solarion sentit sa boussole électronique vibrer dans sa poche. Il s'arrêta le temps de faire une brève lecture.

— Incroyable ! s'exclama-t-il.

— Quoi ?

— Notre position. Nous avons réintégré notre monde et nous sommes à neuf mille kilomètres de l'endroit où nous nous trouvions quand la tornade de Vinor nous a emportés. Ce qui veut dire…

— … que Phobianapolis n'est plus très loin ! termina Storine, dont le cœur se souleva de joie.

Solarion grommela une réponse qu'elle n'entendit qu'à moitié, car un grand vacarme retitit. Une ombre écrasante passa à environ vingt mètres au-dessus de leurs têtes. Une série d'éclairs stria le ciel, pulvérisant des roches et des frondaisons qui retombèrent en grappes, à l'aveuglette, autour d'eux.

— À couvert ! hurla Solarion en forçant Storine à plonger au sol.

Une explosion ébranla soudain les bois environnants. Blottie sous Solarion, Storine vit des gerbes de feu éclater dans le brouillard, des pièces de métal jaillir dans tous les sens. Une forte odeur de carburant se répandit dans la forêt.

— Qu'est-ce que c'était ? murmura la fillette.

Comme il s'était jeté sur elle pour la protéger, elle se dégagea lentement. Autour d'eux se consumaient des morceaux de tôles. À une dizaine de mètres, elle crut reconnaître un fuselage éventré. Griffo vint lui lécher les mains.

— C'est un croiseur impérial ? questionna-t-elle en donnant un coup de pied à un morceau de métal frappé de l'écusson d'Ésotéria.

Un moment, elle se rappela une scène semblable : quand la maison de ses grands-parents, sur la planète Ectaïr, avait été soufflée

 233

par une explosion. Elle s'agenouilla près de Solarion, secoua son épaule.

Étendu sur le ventre, le garçon était face contre terre. Comme il ne bougeait toujours pas, Storine prit peur.

— Solarion?

En découvrant du sang sur ses mains, elle blêmit.

17

La chasse

Il fallait faire vite. Dans la fumée âcre qui lui piquait les yeux, Storine s'obligea à rester calme. Quand ses grands-parents étaient morts, elle s'était blottie contre le flanc de Croa, la grande lionne blanche. Mais, aujourd'hui, il n'était pas question qu'elle pleure comme une enfant.

Solarion gémissait doucement. En tâtant le tissu poisseux de sang de sa combinaison, Storine sentit une pointe de métal, probablement éjectée de l'appareil pendant l'explosion, qui s'était figée entre ses deux omoplates. « Une arme ! » Elle fouilla la ceinture du jeune homme, dégaina son coutelas. Elle le brandit, admira les motifs sculptés sur le manche d'os.

Griffo balança sa lourde tête de gauche à droite. Ils échangèrent un regard. Puisqu'il

235

ne restait rien de l'encombrant équipement de survie emporté par Solarion, c'était la seule solution. Storine découpa délicatement le tissu autour de la plaie qui saignait abondamment. Son cœur battait à grands coups. En plongeant la lame dans la chair, elle s'aperçut qu'elle haletait. « Vite, se répéta-t-elle. Mais, surtout, ne pas trembler. »

Tiré de son évanouissement par la douleur, Solarion hurla. Storine sentit les muscles de son dos se bander. Concentrée sur le petit morceau de métal ensanglanté, elle n'hésita pas une seconde et l'arracha vivement des chairs où il s'était figé. Puis elle demanda à Griffo de lécher la plaie, car la salive des fauves, elle le savait, avait des propriétés cicatrisantes.

La minuscule pièce de métal serrée dans son poing, elle décida d'aller chercher des plantes pour lui faire un pansement. Il y en avait sur Ectaïr. Il devait aussi y en avoir sur Phobia.

« Si seulement Éridess était là ! » Storine se mordit les lèvres. Même s'il était guérisseur, elle devait le chasser de ses pensées, car Éridess était un esclavagiste.

Autour d'elle, la carcasse de l'appareil impérial achevait de se consumer. Elle se frappa le front. « Que je suis bête ! Il y a sûrement des survivants ! » Elle fouilla le croiseur de fond en comble sans rien découvrir d'autre que deux androïdes carbonisés, les pilotes sans doute, et, malheureusement, aucun équipement de survie utilisable. Elle trouva cependant quelque chose de très, très intéressant…

De retour près de Solarion qui était retombé dans un demi-sommeil comateux, elle déchira quelques palmes noires sur une écorce d'arbre arrachée. À l'aide du manche en os du coutelas, elle réduisit les plantes en une sorte de bouillie qu'elle mélangea à sa propre salive. Après avoir essuyé la lame sur sa chemise déchirée, elle étala cette crème noirâtre sur la plaie qui, déjà, ne saignait presque plus. Puis elle utilisa une grande palme qu'elle plaqua sur le dos de Solarion. Elle fixa l'ensemble en utilisant le tissu d'une des jambes de pantalon du garçon, qu'elle coupa en lanières avec ses dents.

Enfin, à bout de ressources, elle se laissa tomber à côté de Solarion. Griffo vint se coucher près d'eux. Storine sentait des larmes gonfler ses paupières. Elle enlaça le cou épais du fauve et se laissa bercer par son ronronnement. Solarion respirait plus régulièrement. À le voir ainsi, allongé sur le ventre avec les bras le long du corps, il ressemblait à un très jeune enfant.

Elle voulut s'allonger, elle aussi, s'endormir, oublier le lac sacré, les sages d'Éphronia, cette révélation qu'elle avait eue et à laquelle elle ne comprenait rien. Mais il ne fallait pas s'abandonner au sommeil. La plaie de Solarion pouvait encore s'infecter. Ils devaient quitter cette vallée et rejoindre la civilisation.

Solarion rêvait que sa grand-mère le berçait. Les lèvres de la vieille dame remuaient. Lui chantait-elle cette berceuse qu'il aimait tant? «Na! na! na! na! na!...» Un visage de femme s'approcha du sien. Il sentit sur ses joues un souffle chaud parfumé à la myrtaline, cette fleur rarissime utilisée par les nobles dames d'Ésotéria. Des yeux mauves le dévisageaient.

— Je dois savoir qui je suis! disait Solarion.

— Ridicule! Tu sais déjà qui tu es et pourquoi tu es né! lui répondit la jeune femme.

— Je me moque de ce que le haut-conseil des maîtres missionnaires raconte, rétorqua Solarion. Je veux savoir, vraiment savoir...

— Tu es fou.

— Je vais partir.

Le beau visage maquillé se crispa en une grimace. Un choc plus violent que les autres réveilla le garçon.

— Tu vas bien ?

— Storine ?

Solarion crispa les mâchoires. Les bois embrumés, le grand fracas, l'explosion…

— Un appareil impérial a été descendu, expliqua Storine. Il s'est écrasé presque sur nous. Tu as été blessé en me protégeant. C'est très beau, ce que tu chantais.

Solarion vit le profil de Storine, son sourire, et Griffo qui le regardait affectueusement de ses grands yeux rouges. Il réalisa soudain qu'ils étaient tous les trois à bord d'une mininavette d'exploration.

— Que s'est-il passé ?

— En fouillant la carcasse de l'appareil, j'ai découvert ce module intact parmi une douzaine d'autres carbonisés. Une chance, hein !

— J'ignorais que tu savais piloter.

Storine sentit que sa blessure le faisait souffrir.

— Je t'ai fait un pansement provisoire. Ne t'inquiète pas, nous volons à une altitude de douze mille mètres. Bientôt, nous aurons gagné un avant-poste militaire.

Sa voix se crispa. Elle ignorait s'ils allaient tomber sur des Phobiens ou sur des impériaux. Dans un cas comme dans l'autre, ils risquaient d'avoir des ennuis. Solarion eut un éblouissement. Une envie de vomir lui monta aux lèvres. Tout se mit à tourner autour de lui.

— Tu sais piloter, répéta-t-il, comme s'il attachait à ce détail une grande importance.

Son corps se couvrait d'une sueur glacée. Était-ce important qu'elle sache piloter? Quand elle le vit si pâle, elle sentit son cœur se serrer.

— Ne parle plus, je t'en prie, je... nous allons bientôt arriver. Reste avec moi, Solarion!

Ces derniers mots étaient un véritable cri de détresse. L'adolescent les entendit comme à travers un long tunnel. Déjà, il ne sentait plus ni ses pieds ni ses mains.

— Quelle est cette marque que tu portes au poignet droit? demanda-t-il. J'ai déjà vu ce symbole quelque part, mais je...

«La marque du pacte des Braves», songea Storine en se remémorant sa vie avec les pirates de l'espace. Cette marque, imprimée au fer rouge dans ses chairs, faisait d'elle une Brave. Plus que ça ! La fille de Marsor. Storine repensa aux images qu'elle avait vues dans le Marécage de l'Âme. Dans la première séquence, elle acceptait une sorte de mission sacrée. Mais laquelle ? Par contre, une chose était claire : le commandor Sériac l'avait kidnappée. Sans doute se trouvait-elle, bébé, à bord du *Grand Centaure*, et cet homme mauvais était venu l'enlever à son père. Il y avait eu une bataille. Sériac avait peut-être tué sa véritable mère. Marsor n'avait rien pu faire pour empêcher le commandor de l'enlever. Ensuite, elle s'était retrouvée sur la planète Ectaïr avec ses grands-parents adoptifs. Oui, c'était ça.

— Je suis le fils de Vinor, bredouilla Solarion dans son délire. Il… il me l'a dit. Le dieu Vinor est mon père spirituel… Ça signifie que… que… Storine ! appela-t-il.

— Je suis là. Le radar est flou à cause des nappes d'exynium, mais Phobianapolis n'est plus très loin.

Sa main gauche crispée sur les commandes, elle prit celle du garçon dans son autre main et la serra.

— Storine ?

— Tout va bien.

— D'où viens-tu ?

— Ne t'inquiète pas de ça. Ce qui est important, c'est qui je suis.

Solarion eut un hoquet. Il s'accrocha à la main de la fillette aussi fort qu'il le put.

«J'ai raison, pensa Storine. Père le disait : "C'est ce que tu es qui compte."

Soudain, une voix grave s'éleva de la radio grésillante.

— Storine ! Je suis heureux de te retrouver vivante…

Le cœur de la fillette s'arrêta de battre : c'était la voix du commandor Sériac ! Elle jeta un coup d'œil par le hublot, tandis que Griffo, l'échine hérissée, grondait furieusement. Fuselée comme un aigle de métal, la navette de Sériac planait, à quelques dizaines de mètres par bâbord arrière du module de sauvetage. Ainsi, il l'avait retrouvée. Encore une fois !

— Je sais que tu as un blessé à bord. As-tu une trousse de premiers soins ?

Elle se demanda comment Sériac savait cela. Puis elle pensa à la radio qui grésillait depuis un bon moment. Sériac avait sans doute dû les écouter parler.

— Réponds-moi !

Toujours ce ton de commandement. La colère se répandit dans les veines de Storine.

— Arrêtez de me poursuivre! lui criat-elle en sachant bien que ses paroles auraient peu d'effet sur un homme tel que lui.

— Comment va Solarion?

La fillette voulut l'envoyer au diable, mais le ton de sa voix, réellement inquiet, l'intrigua.

— Qu'est-ce que ça peut vous faire? rétorqua-t-elle en accélérant au maximum.

Un mur opaque de nuages sombres, striés d'éclairs, plongea le petit module de reconnaissance dans l'obscurité.

— Attention aux éclairs! rugit Sériac en constatant que l'enfant tentait, non sans une certaine habileté du pilotage, de lui échapper. Est-ce que ton radar fonctionne?

Un coup de tonnerre fit trembler l'air autour du module. L'éclair était passé tout près. Le tangage de l'appareil s'accentua. «Heureusement, Solarion s'est évanoui…», se dit Storine en reportant son attention sur les voyants de navigation.

Les conseils prodigués par Marsor lui revenaient en mémoire. Chaque geste, gravé dans son subconscient, réapparaissait sans qu'elle ait besoin d'y penser. «Le radar…

Qu'est-ce qu'il a, mon radar ? » Et puis, soudain, elle sut. Expulsée de la masse orageuse, elle se ruait, la tête baissée, au cœur d'un véritable combat aérien. Une vingtaine d'appareils de toutes dimensions, appartenant aux deux camps, s'échangeaient des tirs de laser. Storine se crispa sur les commandes. « On reconnaît un Brave dans le feu de l'action », disait son père. Elle se concentra sur le diagramme du champ de bataille. « Respire calmement, ne pense plus à rien, laisse agir ton instinct. »

Minuscule balle de métal au milieu des croiseurs, des navettes et des chasseurs, le module se fraya un passage à travers les explosions et les échanges de feu. Un chasseur phobien, puis deux, furent réduits en miettes sur tribord arrière. Storine eut à peine le temps de voir surgir, sur son flanc gauche, la navette non immatriculée du commandor. Il avait ouvert le feu pour la protéger. « Non, se dit-elle, j'ai dû rêver. » Elle fit une large boucle sur le dos pour se placer au-dessus du plus gros croiseur impérial.

La radio toussa.

— Il s'en est fallu de peu. Je vois que les leçons de Marsor te profitent.

Le commandor riait tout en parlant, mais Storine devina que c'était un rire de soulagement.

— À droite, quart nord-nord-est dans le secteur bleu de ton écran, tu peux quitter le champ de bataille !

Un choc brutal secoua le module. Les commandes échappèrent à Storine. Sur bâbord, un croiseur en feu décrochait, entraînant quatre navettes dans sa chute. Qui des Phobiens ou des impériaux remportait la bataille ? Elle s'en moquait.

« Le secteur bleu… », chercha-t-elle.

Il y avait tant de fureur et de bruit dans le ciel qu'elle ne reconnaissait plus ses diagrammes.

— Où ? Où ça ? s'énerva-t-elle, haletante.

Un souffle descendant, chargé de nombreux débris métalliques, fit trembler le disque rouge d'Attriana. Un de ces débris percuta le module de front.

— Storine ! Storine !

La voix du commandor se perdit dans le rugissement de Griffo. Le module tombait comme une pierre, mais la fillette, secouée par l'éclatement de la coupole de sécurité, avait déjà perdu connaissance…

18

Le champ de morts

Dans les ténèbres de son cerveau, une voix parlait à Storine. De nombreux visages se superposaient sur l'écran de son esprit, comme si, instinctivement, sa mémoire passait en revue les hommes à qui elle pouvait attribuer cette voix douce, pénétrante, autoritaire, et si rassurante. Storine songea à son ami Santorin qu'elle avait perdu en quittant la planète Ectaïr. Mais ce n'était pas Santorin. «Je te connais depuis longtemps», disait la voix. Storine pensa au commandor Sériac. Dans son rêve, elle pesta : «Par les cornes du Grand Centaure ! Surtout pas lui ! » Aussitôt, le visage de son père adoptif se substitua à celui du commandor. «J'ai eu raison de te choisir pour fille », murmurait la voix. «Oui, se dit Storine, c'est bien Marsor. Il ne m'a pas abandonnée. S'il n'a pas pu venir à mon secours, c'est qu'il doit rassembler sa flotte. Nous allons bientôt nous revoir, comme promis, sur Paradius.» «Je t'aime, mon enfant, poursuivit son père. Ne t'inquiète ni de ta mission ni de tes origines. Vis. Vis…»

Storine ouvrit les yeux et aspira une profonde goulée d'air. Le module s'était écrasé dans une plaine de vase séchée, à proximité des derniers contreforts des montagnes obscures. La vitre de protection avait éclaté et le tableau de bord défoncé disait clairement que l'appareil ne redécollerait jamais plus. Griffo avait disparu. Elle tenait la main de Solarion, toujours évanoui, leurs doigts fermement enlacés.

De légères brûlures, comme des pointes d'aiguilles sur ses joues, lui arrachèrent des cris de douleur. Strié d'éclairs rugissants, le ciel scintillait comme s'il était envahi par des millions de lucioles. Storine ne s'extasia pas longtemps sur ces mouches de feu qui annonçaient l'orage à venir. Il fallait trouver de quoi se protéger, et vite!

Après avoir fouillé le module de fond en comble, elle finit par découvrir deux ceintures atmosphériques. Le manuel d'instructions, gravé sur un minuscule projecteur holographique, lui en expliqua les principes de base : « 1- Se passer la ceinture autour du bassin. (C'est plein de bon sens !) 2- Choisir parmi les options du moniteur de contrôle le type d'atmosphère ambiant. 3- Appuyer sur le bon bouton pour que la ceinture génère un champ de force, réglable à volonté, qui protégera le soldat (écrit tel quel dans le livret !) dans sa progression vers l'ennemi. »

— Génial ! s'écria Storine en nouant la première ceinture autour du bassin de Solarion. Griffo ! appela-t-elle en bouclant sa propre ceinture tout en se disant que, si elle le chevauchait, elle devrait augmenter la puissance de son rayon d'action afin que son jeune lion puisse, lui aussi, être protégé.

Le fauve apparut quelques minutes plus tard, alors que Storine commençait sérieusement à s'inquiéter. Elle allait le gronder quand elle vit qu'il rapportait dans sa gueule… le déjeuner ! Les événements s'étaient tellement bousculés depuis qu'ils avaient quitté les berges du lac sacré que c'est à peine si elle avait songé à manger. Son estomac la rappela à l'ordre, et elle se rendit compte qu'elle était capable de dévorer un gronovore entier. Enfin, presque ! Avec des fruits, de la crème de sumark, et même ces algues salées dégueulasses qu'elle avait récoltées dans les marais et que Solarion avait transformées en une sorte de potage verdâtre.

Ils mangèrent à l'abri de la carcasse du module, tandis que le ciel déversait sa pluie de flammes sur la plaine. Le paysage apocalyptique, si poignant avec ses reflets de bronze sur les roches stratifiées, aurait pu inspirer les plus belles tragédies. Mais Storine avait vécu tant de drames depuis que le commandor Sériac l'avait enlevée, que c'est à peine si elle y prêta attention. Trop heureuse de se retrouver vivante, elle ne pensait qu'à une chose : « Merci, Vinor, peu importe si tu existes vraiment ou pas. Pour avoir sauvé nos vies, et parce que Solarion, Griffo et moi, on est toujours ensemble. » Puis elle planta ses dents aiguisées dans la chair de l'étrange oiseau que Griffo avait ramené et qu'elle avait fait griller sur un feu improvisé.

Après s'être réveillé, Solarion avait à peine mangé. Storine ne cessait de lui jeter des regards inquiets. Elle l'avait installé sur le dos de Griffo. Une main sur l'encolure du jeune lion, elle ouvrait la marche, leurs deux champs de force entremêlés dans une jolie symphonie rose orangé. À travers la bulle ectoplasmique d'énergie, Storine observait les mouches incandescentes qui transformaient la plaine en véritable lac de feu. Malgré les bottes spéciales découvertes dans la soute du module, la plante de ses pieds commençait à chauffer. La boussole électronique de Solarion en main, elle gardait scrupuleusement la direction sud.

« Combien de jours allons-nous marcher ? se demanda-t-elle. Je suis fatiguée. Je sais que Phobianapolis se trouve au sud, mais où, au sud ? Solarion a de la fièvre et j'ignore si Caltéis est déjà arrivé. »

Comme son humeur s'assombrissait, elle décida de ne plus penser à l'avenir. « Le moment présent, Sto, lui répétait souvent Marsor. C'est le seul qui compte. Une minute à la fois, pas plus. Concentre-toi… »

Elle sentit les muscles de Griffo se nouer.

— Tu as mal, mon bébé ? demanda-t-elle en soulevant une de ses pattes pour voir s'il ne s'était pas brûlé.

Devinant un changement dans l'énergie autour d'eux, elle suspendit son geste et réduisit le rayon d'action de son champ protecteur jusqu'à ce qu'il disparaisse presque complètement. Pour savoir ce qui se passait, elle devait sentir. Mal lui en prit, car elle se boucha aussitôt les narines.

— Par les cornes du Grand Centaure! s'exclama-t-elle. Ça pue la charogne!

Dans la brillance presque insoutenable de la pluie silencieuse, elle distingua des formes noirâtres qu'éclairaient les mouches de feu.

— Reste ici, ordonna-t-elle à Griffo.

Elle augmenta l'intensité de son champ de force personnel et partit en reconnaissance. Au bout de quelques pas, elle s'arrêta dans la vase brûlante. Solarion avait repris connaissance. La nuit profonde, éclairée par des millions de larmes dorées, le fit sourire. Entre deux étourdissements, il put toutefois prendre la mesure de leur situation : s'ils ne parvenaient pas à Phobianapolis, tôt ou tard, ils seraient perdus, car l'autonomie des ceintures atmosphériques n'était pas illimitée.

— Storine! murmura-t-il.

Cet effort l'épuisa, et il retomba contre la courte crinière de Griffo.

Storine pleurait. Les masses noires qu'elle avait prises pour des roches ou des végétaux recroquevillés étaient en fait des soldats blessés, effrayés, agonisants... ou morts. Roulés en boule comme des fœtus, des centaines de cadavres jonchaient la plaine. Qui étaient les impériaux, qui étaient les Phobiens? C'était du pareil au même. Les traits crispés par la mort, certains tenaient encore leurs fusils laser. Storine vit leurs doigts brûlés à vif, leurs uniformes déchirés, leur peau carbonisée.

Tremblant de tous ses membres, elle n'osait plus faire un pas. «Je vais devenir folle!»

— Griffo! hurla-t-elle.

Le jeune fauve bondit parmi les corps qui se consumaient doucement sous la pluie de feu. Au bord de la nausée, dégoûtée par les atrocités de la guerre, Storine s'accrocha à l'encolure du lion et enfouit son visage dans le pelage blanc. Elle se hissa aux côtés de Sola-rion, dont les jambes, trop longues, pendaient au sol. Enfin, prise d'un accès de rage froide, elle fouetta des talons les flancs de Griffo, forçant le lion à quitter au plus vite ce macabre charnier.

Le commandor Sériac atterrit à proximité du module abandonné. Vêtu d'une combi-naison d'amiante, Corvéus inspecta l'appareil. Sériac restait perplexe. Envoyé en mission par la grande-duchesse Anastara, il avait fait une croix sur son projet de récupérer la fillette aux cheveux orange. Par quel extraordinaire hasard Storine et Solarion s'étaient-ils rencontrés ? Quand son complice regagna la navette, il surprit Sériac en train de sourire aux anges, et cela lui plut. Sériac était trop triste depuis quelque temps. Le colosse s'approcha de la console et émit des couinements que seul son maître pouvait comprendre.

— Elle n'est pas là ? comprit le commandor. Je sais.

Il tenait dans sa main l'émetteur grâce auquel il avait retrouvé la piste de Solarion.

— Extraordinaire ! dit-il à voix haute en repensant à ce hasard auquel, malgré son cynisme, il croyait de moins en moins.

Son visage reprit cette expression grave et ombrageuse, qui inquiétait tant ses supérieurs.

« S'il est blessé, se dit-il, il faut le retrouver à tout prix. Les retrouver tous les deux, avant qu'ils ne tombent sur des Phobiens, des esclavagistes ou, pire encore, sur des soldats impériaux. »

Un ensemble de bâtiments préfabriqués, agencés à la va-vite en demi-lune, à l'abri d'un contrefort rocheux, brillait sous les dernières mouches de feu. Poussé par les vents en direction de l'océan de vase, l'orage s'éloignait.

Storine décida d'une halte à environ cent mètres de ce qui apparaissait comme un avant-poste médical. En s'approchant, elle vit, peint en rouge sur fond doré, un symbole qu'elle reconnut pour l'avoir déjà vu dans ses manuels scolaires. «L'AIAS : l'Association interstellaire d'aide aux sinistrés», récitat-elle à mi-voix. Adossée aux murs brûlants, elle jeta un coup d'œil à l'intérieur, par les étroits hublots de verre maculés de cendre.

«Un hôpital de campagne. Solarion est sauvé !»

Soulagée d'un grand poids, elle sentit soudain toute sa fatigue. Elle se serait volontiers écroulée, mais elle avait encore tant à faire ! Un objet métallique se posa contre sa tempe.

— Que fais-tu ici, fillette ?

Un gros officier se tenait devant elle. Il empestait la charogne et les produits chimiques. Marqué de l'écusson impérial, son uniforme était taché de sang ; sa face huileuse, hérissée d'un cheveu ras, le faisait ressembler à un vieux gronovore. Storine vit ses yeux, voilés de fatigue. Elle sentit le stress, la

255

tension, la peur de cet homme. Écartant le canon laser de son visage, elle répondit sèchement :

— J'ai un blessé.

Lorsque Griffo s'approcha des bâtiments, une demi-douzaine de médecins en sortirent en trombe et tombèrent à genoux en louant, la prière aux lèvres, la grandeur du dieu Vinor.

— Nom, prénom, monde d'origine, et raison de ta présence sur Phobia.

Depuis qu'un jeune médecin avait pris Solarion en charge, le gros officier de l'armée impériale ne cessait de lui poser les mêmes questions.

— Sais-tu, fillette, que c'est la guerre, ici !

Couché dans un coin de la salle encombrée de civières, de blessés et de réfugiés de toutes sortes, Griffo léchait ses nombreuses brûlures. Storine le sentait nerveux. « Pas étonnant, avec tous ces yeux braqués sur lui comme s'il était un dieu vivant ! » Avec un sourire sarcastique, elle se rappela une des leçons que lui donnait son père : « Les peuples de l'empire considèrent le lion blanc comme un animal sacré. C'est le messager du dieu Vinor, le fidèle compagnon d'Érakos, le Grand Unificateur, qui, si l'on en croit la légende, a apporté au premier empereur toute la sagesse du *Sakem*, le livre dans lequel sont encore aujourd'hui consignés les grands principes de la monarchie spirituelle d'Ésotéria. »

— Vas-tu répondre, à la fin ?

Storine fixa l'officier droit dans les yeux. Au bord de l'évanouissement, elle n'était pas d'humeur à répondre à un interrogatoire. L'homme renâcla comme un taureau. De nombreuses personnes murmuraient en observant le jeune lion blanc.

« Cette guerre est illégale », disaient les uns. « Elle est sale, en tout cas, répondait un autre. L'armée pilonne la ville, mais les Phobiens tiennent encore les places fortes. Les esclavagistes, eux, se sont murés dans leurs bastions de roche. Quand on pense que c'est à cause d'eux que l'empire est intervenu ! » « Vous n'y êtes pas, reprenait un autre, cette guerre est une invention des politiciens. En tout cas, les morts pleuvent… » Pour corroborer ces dires, on entendait parfois entre deux coups de tonnerre, le sifflement aigu des canons laser. De pâles fluorescences, témoins des combats qui secouaient les banlieues de Phobianapolis, projetaient leurs spectres sur la toile sombre du ciel.

— Vous ne voyez pas qu'elle tombe de sommeil, déclara le jeune médecin en prenant d'autorité Storine par le bras. Vous l'interrogerez quand elle aura repris des forces.

Il l'emmena dans une autre pièce sous le regard noir du militaire. Quand Griffo se leva pour la rejoindre, les conversations se turent, et chacun se crispa comme si le fauve allait leur croquer une jambe ou un bras au passage.

L'intérieur du dortoir dégageait une odeur de souffrance, de médicament et d'urine. Cette atmosphère étouffante rappela à Storine le coral des femmes, à bord du *Grand Centaure*.

— Ton ami va bien, la rassura le jeune interne. Sa fièvre est tombée. Il dort paisiblement. Sais-tu qui lui a fait ce pansement ?

— C'était mal fait ?

L'interne sourit.

— Au contraire, ça lui a sauvé la vie !

Storine considéra les petits lits alignés les uns à côté des autres, les dormeurs recroquevillés, leurs gémissements, leurs respirations sifflantes. Une immense tristesse l'envahit. Comment Solarion, si beau, si gentil, si raffiné, si passionné par la vie, pouvait-il se retrouver dans un endroit aussi sordide ? Le médecin vit la fillette s'approcher du garçon blond. Quand elle s'assit sur son lit, il sentit pour la première fois, depuis son arrivée sur cette planète, le poids de sa solitude. Lorsque, toute tremblante, elle se blottit contre le blessé et posa son visage dans son cou, il eut si mal dans sa poitrine qu'il eut envie de pleurer. Quand Griffo entra à son tour et se coucha au pied du lit, trop bouleversé pour réfléchir, le jeune interne préféra sortir du dortoir.

« Hors normes. »

Voilà ce qu'il inscrirait dans son rapport à propos de cette affaire. Et tant pis pour les militaires qui s'immisçaient illégalement dans leur mission humanitaire !

19

Le fugitif

Vers la fin de la nuit, Storine rêva d'Eldride. La jeune fille courait dans un champ de fleurs. Le rire aux lèvres, elle cueillait un bouquet qu'elle offrirait à Storine en lui disant qu'elle méritait une récompense : « Pour tout ce que tu as fait pour moi. » Sans jamais être venue dans un si bel endroit, Storine savait qu'elles se trouvaient toutes deux sur Paradius, le repaire secret de la flotte pirate. « Regarde ! lui disait Eldride en pointant le ciel constellé de minuscules papillons multicolores. Ils ne crachent pas de venin, eux ! Ils nous apportent la vie… »

Sans comprendre le double sens de ces paroles, Storine vit avec appréhension le ciel se couvrir de lourds nuages rouges. Des bourrasques de vent s'élevèrent, empêchant les jeunes filles de se prendre par la main. «Je pars, déclara Eldride en lui tournant le dos. Si tu ne veux pas moisir sur cette planète, suis-moi!» Storine ne put empêcher le vent de lui arracher ses fleurs des mains. Elle voulait suivre Eldride, bien sûr, mais pas sans Solarion. Puis, soudain, son visage et ses mains se mirent à brûler...

Elle s'éveilla en sursaut. Solarion la regardait. Storine sentit qu'il avait du mal à garder les yeux ouverts, et, pourtant, puisant dans ses dernières forces, il lui chantonnait à l'oreille cette mélodie douce et apaisante qui lui venait de sa grand-mère. Storine voulut se lever, aller chercher le jeune médecin. Au lieu de ça, elle s'abandonna à ce chant qui lui faisait tellement de bien. Au bout de quelques minutes, ne pouvant pas chasser son mauvais rêve, elle murmura à l'oreille de Solarion:

— Je vais partir. Il le faut.

Elle attendit, le souffle court, que le garçon lui dise qu'elle devait au contraire rester auprès de lui. Storine s'imaginait lui répondre qu'elle était d'accord, mais qu'il lui fallait d'abord retrouver Eldride. Et puis, il devrait accepter d'être l'ami de la fille de Marsor le pirate. Silence. Où et quand Solarion avait-

262

il déjà ressenti un bien-être aussi total ? Cet instant était si parfait qu'il en avait la bouche toute sèche. Quelques instants plus tard, il s'endormit.

— Je pars, mais je jure que je reviendrai te chercher, promit-elle en posant ses lèvres sur ses cheveux blonds emmêlés.

Elle respira avidement le parfum de sa chevelure pour en graver le souvenir dans sa mémoire. Elle se leva doucement et fit un brin de toilette dans une pièce attenante qui servait de débarras. Griffo se leva en même temps qu'elle et, quittant ce dortoir étouffant, sortit se dégourdir les pattes. Avant de partir, le jeune médecin lui remit un sac contenant quelques victuailles. Ensuite, il alla prendre un peu de repos, car plusieurs patients étaient morts durant la nuit.

« Pourquoi suis-je partie ? » se demanda Storine en débouchant sur les nombreux canaux à ciel ouvert qui annonçaient les abords de Phobianapolis. D'abord brumeux et suintant d'humidité, le petit matin s'auréolait de rose et de mauve sous les rayons de l'étoile Attriana. Storine commençait à s'habituer à cet astre géant et rouge dans le ciel de Phobia, même si, elle le ressentait, Attriana pouvait en un instant balayer toute vie sur cette planète.

Construite au centre d'un des plus importants estuaires du continent et protégée des puissantes vagues de l'océan de vase par des digues, la capitale était, avant la guerre, un monstre de pierre, d'acier et de verre, parsemé de somptueux bâtiments, d'un réseau complexe de canaux navigables et d'un ensemble unique de statues imposantes, installées autour de la ville sur des socles en bronze.

Représentant plus d'une vingtaine de races à travers l'empire, ces figures monumentales étaient un double hommage à l'humanité stellaire et à la principale ressource économique de la métropole : l'esclavage. En franchissant la porte creusée dans la base de la première statue, Storine ignorait que Phobianapolis, où vivaient d'ordinaire plus de quatre millions de personnes, passait pour une des plus glorieuses cités des États indépendants.

Comment aurait-elle pu s'en douter quand la métropole n'était plus qu'un amas de décombres fumants ! De la riche cité, il ne restait que des ruines. Les merveilleuses statues, dont certaines atteignaient plus de trois cents mètres de haut, considérées comme le symbole d'un trafic honteux, avaient été des cibles de choix pour les chasseurs impériaux.

Storine ordonna à Griffo de marcher au pas. «Je n'y comprends rien», se dit-elle en évitant avec soin les grandes artères. De la poussière de gravats flottait dans le vent, apportant à ses narines de subtiles fragrances sucrées. Elle chercha des yeux les bosquets de fleurs et les arbres, mais il ne subsistait que leurs fantômes. Attentif au moindre bruit, le lion blanc se crispait chaque fois qu'ils croisaient un groupe de citoyens hagards, en quête de ce qui restait de leur maison, des pillards, des soldats blessés à la recherche d'un endroit pour mourir, ou bien une patrouille appartenant à l'une ou l'autre faction ennemie.

Afin d'attirer un peu moins l'attention, Storine aurait préféré marcher aux côtés de Griffo, mais une entaille au pied droit la faisait souffrir. «Je suis la fille la plus folle de tout l'empire! se dit-elle en refoulant ses larmes. Je pourrais être avec Solarion, mais non.» Tout en sachant qu'elle avait fait le bon choix – celui qui aurait rendu son père fier d'elle –, Storine s'accusa des pires défauts.

 265

Griffo sentait combien sa jeune maîtresse était perdue dans ses pensées. Mal à l'aise dans ce dédale de rues autrefois magnifiques qui sentaient le sang et la boue, il gravissait des montagnes de décombres, sautait d'un bâtiment écroulé à un autre, aussi souple et doux qu'une lionne tenant ses petits dans sa gueule tant il craignait qu'un mouvement trop brusque ne fasse tomber Storine de son encolure.

Soudain, sans raison apparente, il s'arrêta et se mit à gronder. Cachés derrière le visage de pierre éboulé d'une statue ou bien derrière les lourdes fenêtres de quelques bâtiments restés intacts par miracle, des bandes de citoyens apeurés les épiaient.

— Qu'y a-t-il, Griffo ? demanda Storine en enfouissant son visage dans la courte crinière de feu. Tu t'inquiètes pour moi, mon bébé. Il ne faut pas.

Un choc plus prononcé que les autres tira Storine de sa rêverie. Elle n'avait aucun plan pour récupérer Eldride. La queue balayant la poussière et les gravats, Griffo, cette fois, ne grondait pas pour rien. Autour d'eux, des hommes et des femmes en loques faisaient mine de les encercler. D'instinct, Storine chercha à sa hanche le coutelas ciselé appartenant à Solarion, mais elle le lui avait rendu.

— À manger…

Derrière un groupe de pauvres femmes, un enfant de trois ans levait vers elle son visage exsangue, rendu translucide par la faim et l'épuisement. Storine comprit alors que ces gens, qui la voyaient monter sur un lion blanc, la considéraient un peu comme une déesse. Son cœur se serra. Elle ouvrit le sac qu'elle portait en bandoulière et leur distribua jusqu'à la dernière miette de ses provisions. Quel ne fut pas son étonnement en découvrant, au fond du sac, *Le Livre de Vina* !

Elle n'eut pas le temps de s'interroger. Un sifflement aigu dispersait la troupe de malheureux. Storine sentit les muscles de Griffo se nouer sous ses cuisses. Il lâcha un premier feulement, dans lequel elle reconnut le cri rauque du tueur… Un éclair jaune les frappa de front. Griffo s'écroula dans la poussière, en la précipitant sous son poids.

Revenue de sa surprise, la jeune fille se releva. Une douzaine de soldats phobiens jaillissaient des fissures de bâtiments éventrés. Trois scout'airs blindés, braquant leurs projecteurs aveuglants, soulevèrent des tourbillons de poussière devant elle. Une main se referma sur son bras. Elle crut reconnaître Vorcom.

Giflée en plein visage, elle s'écroula, un goût de sang dans la bouche.

À l'aube, le jeune médecin fut tiré de son sommeil par une voix impérieuse. Il cligna des yeux, rajusta ses lunettes, tira sur sa blouse froissée.

— Qui êtes-vous? bredouilla-t-il en détaillant l'homme debout devant son lit de camp.

Grand, mince, sanglé dans un uniforme de campagne, l'officier affichait une expression sévère. Très mobiles, dans un visage coupé au couteau et buriné par les soleils de dizaines de planètes, ses yeux de braise le fixaient.

— Vous avez recueilli un jeune civil, hier soir?

— En effet.

— Il était accompagné...

L'officier laissa sa phrase en suspens comme s'il s'attendait à ce que le médecin la termine.

— La jeune fille et le lion blanc sont repartis avant le lever du jour, marmonna-t-il.

Il marcha vers sa console hygiénique, retira ses lunettes, se lava les mains et le visage, remit ses lunettes tandis que l'officier, le teint assombri par la nouvelle, se contenait à grand-peine.

— Et vous les avez laissés partir !

Le médecin le dévisagea stoïquement. Si l'armée impériale possédait des moyens secrets pour imposer sa volonté à un lion blanc, ce dont il doutait, qu'elle le fasse. Lui, en tout cas, il n'était pas de taille.

Le visiteur exigea qu'on le conduise auprès de Solarion. Quand il le vit, pitoyable sur son lit de fer au milieu des autres blessés, une grimace lui tordit le visage.

— Faites-le transporter dans vos quartiers et laissez-nous seuls.

Le jeune interne obtempéra, non sans se demander pourquoi cet adolescent était traité avec autant d'égards. En voyant passer l'officier, il jeta un œil sur le gros sergent qui prétendait tout régenter dans l'infirmerie. Les épaules voûtées, celui-ci baissait humblement les yeux.

Le commandor Sériac s'approcha du lit et s'agenouilla. Complètement éveillé après une bonne nuit de sommeil, l'adolescent dévisageait le militaire recueilli à ses genoux. Le connaissait-il ? L'avait-il déjà vu quelque part ? Sériac inspira profondément.

— Je suis bien aise de vous retrouver enfin, Votre Altesse Impériale.

20

Phobianapolis

— Je ne vous crois pas, commandor !
s'exclama Solarion en enfilant une tunique
propre.

— C'est pourtant la vérité, Votre Altesse.

Revenu pour s'assurer que la fièvre de
son patient était tombée, le jeune interne se
raidit en l'entendant appeler « Votre Altesse
Impériale ». Les yeux écarquillés, il n'arrivait
pas à y croire. Le garçon blond le prit à
témoin :

— Storine et Griffo sont partis ?

— Peu avant l'aube, répondit le médecin,
qui hésitait encore à donner son titre de
noblesse à Solarion.

— Demandez de l'eau et des vivres, commandor, nous partons à leur recherche.

271

Et, sans laisser à Sériac le temps de protester, il ajouta :

— C'est un ordre !

Le commandor serra les dents. Obéir n'avait jamais été son fort, et ce blanc-bec, tout futur empereur qu'il soit, ne l'impressionnait pas le moins du monde. Il était sur le point de lui dire ses quatre vérités quand il vit le morceau d'étoffe vert, liseré d'or, que Solarion caressait dans sa main. Il sentit comme une boule dans sa gorge. S'apercevant que le commandor fixait le morceau de tissu qu'il avait, en cachette, déchiré de la chemise de Storine avant qu'elle ne se réveille après avoir vécu la Grande Illumination, le garçon ne put s'empêcher de demander :

— Vous la connaissez ?

Sériac s'empressa de nier, car il fallait à tout prix que les liens qui le rattachent à Storine restent secrets… surtout maintenant qu'il savait que Solarion s'intéressait à la fillette. «Jeune fille», corrigea-t-il aussitôt en souriant à demi. Néanmoins, il n'entendait pas se soumettre aussi facilement.

— Mes ordres sont clairs, Altesse. Je dois vous ramener vivant sur Quouandéra, dans les plus brefs délais.

Préférant occulter le rôle de la grande-duchesse Anastara, il précisa qu'il tenait ses ordres de l'amiral Thessala.

— Et moi, rétorqua Solarion, en ma qualité de prince impérial héritier du trône, je vous en donne d'autres.

— Mais, Altesse, c'est la guerre !

— Raison de plus pour me faire escorter par un des hommes les plus aguerris de nos armées, répondit Solarion en souriant ironiquement.

Autant de détermination chez cet adolescent sympathique, certes, mais d'ordinaire si niais et si romantique, était saisissant. Que le prince ait voulu braver les consignes de sécurité pour se livrer à une expédition abracadabrante prouvait qu'il avait du cran. Ce trait de caractère plut aussi à Sériac, qui pensa combien la grande-duchesse serait déçue si elle apprenait sa défection. « Tant mieux, se dit-il, cette manipulatrice mérite une bonne leçon ! »

Deux yeux noirs se penchaient sur Storine. À demi consciente, elle sentit qu'on lui palpait le pied droit. Une douleur fulgurante la

273

transperça, aussitôt suivie par une vague de bien-être.

— Je vois, commença Éridess en avalant sa salive, que l'entaille que tu portes au front a bien cicatrisé.

Il savait que ses mots étaient maladroits. Cependant, alors même qu'il voyait à quel point elle le détestait, il ne pouvait s'empêcher de l'admirer. Il s'apprêtait à lui dire qu'il regrettait de l'avoir presque éborgnée, quand il la vit se crisper de dégoût. Humilié, il lâcha sa cheville. Quelque chose en elle avait changé. Était-ce l'angle de son menton, ses joues moins rondes, sa silhouette moins… menue ? Agacé de ne pouvoir mettre le doigt sur la subtile métamorphose, il haussa les épaules.

Des vapeurs d'origine volcanique empuantissaient l'air. La petite cellule de pierre, dont l'accès était gardé par une grille énergétique aux reflets bleutés, résonnait de rumeurs : des voix, des cris lointains, des appels, des gémissements. Storine pensa qu'elle se trouvait en enfer. Devinant ses pensées, Éridess expliqua, laconique :

— L'Institut planétaire du marché aux esclaves. Enfin, ses soubassements. C'est tout ce qui nous reste.

Vêtu d'un de ses costumes blancs, taché de sueur et de poussière, il avait les yeux rougis d'épuisement. Sa peau verdâtre lui donnait l'air d'un véritable épouvantail.

— Où est Griffo ? s'écria Storine en se dressant à demi sur sa couche.

— Griffo ! répéta Éridess en époussetant, plein de grâce, son costume défraîchi. Tu es une fille surprenante, Storine. Tu nous avais caché ce magnifique lion blanc.

Elle tenta de se lever. Il la repoussa violemment.

— Tout doux, ma jolie.

Il prit ses poignets. Storine sentit sur sa peau les doigts artificiels de sa main gauche. Il avait dû remplacer sa prothèse par une nouvelle. En s'approchant de son visage, Éridess ajouta :

— Nous avons des projets pour ton beau lion blanc…

L'Institut planétaire de Phobianapolis, vaste ensemble de bâtiments à l'architecture surréaliste, alimenté en cascades et en serres tropicales par une dizaine de canaux, était situé dans le centre du quartier des affaires de la métropole. De cette zone particulièrement touchée par les bombardements, il ne restait que des amalgames grotesques de béton et de poutres d'acier enchevêtrés.

Bien à l'abri, à plus de cent mètres de profondeur, Caltéis prit le décodeur frontal que lui tendait Vorcom. Le vieil esclavagiste était si ratatiné que l'ex-pirate se demanda s'il y avait vraiment quelqu'un à l'intérieur de ce vieux kimono froissé.

Dans la grande salle circulaire où se trouvaient réunis les princes phobiens en grande délibération, les cartes holographiques des derniers combats étaient projetées. L'une d'elles intéressait particulièrement Caltéis : celle de la métropole, avec ses codes de couleur qui allaient du noir au jaune, pour identifier les différents quartiers et témoigner de l'évolution exacte de la situation.

Il plaça, en tremblant, l'appareil optique autour de son front, en rabattit la visière. Des lignes de forces et une multitude de détails codés apparurent aussitôt devant ses yeux. Son visage amaigri par la maladie se teintait de reflets mordorés. La fièvre maligne ne le quittait plus. Malgré cela, son esprit sans cesse en éveil n'arrêtait pas d'étonner l'ancien pirate. Le marchand murmura :

— Des vingt-sept champs de force protecteurs, il ne nous en reste plus que huit, tous situés dans les quartiers résidentiels.

— La population se terre dans les abris, commenta Vorcom, qui passait son temps sur le terrain en missions de reconnaissance. Le manque d'eau et de vivres décime les civils.

— Votre regain d'humanité me touche, seigneur Vorcom. Laissons ces problèmes aux princes phobiens et concentrons-nous plutôt sur ce qui nous intéresse.

À son tour, Vorcom ceignit son décodeur optique, en pensant au climat empoisonné de Phobia et à ses os endoloris. Tous deux se penchèrent sur la carte. De temps en temps, un écho sinistre indiquait qu'à la surface, les impériaux ne désarmaient pas.

— L'important pour nous, marmonna Caltéis, c'est de rassembler le plus grand nombre d'acheteurs possible.

L'ex-pirate haussa les épaules. Comment ce vieil homme buté pouvait-il penser à son sordide commerce quand une guerre ravageait la planète entière ? Vorcom connaissait les ordres : passer Phobianapolis au peigne fin pour réunir les clients épouvantés par les affrontements. Nombreux étaient les acheteurs qui, pour éviter de se compromettre, envoyaient leurs représentants à la foire annuelle de Phobia. Mais ceux-ci, de vrais brigands déguisés en hommes d'affaires pour la plupart, avaient déjà abandonné la ville. Pour dire la vérité, jamais Caltéis n'aurait dû quitter son château de lave. Mais ce vieil avare s'était cru plus malin que ses compétiteurs, qui avaient, eux, boycotté la foire de cette année. Résultat, songea Vorcom en colère, peu de marchands étaient venus et encore moins de clients. Par-dessus le marché, s'il advenait que les impériaux investissent leurs refuges, ils seraient jugés dans leurs États respectifs. Vorcom évita de penser aux terribles lois de Zoltaderx, son monde d'origine.

— Ah ! voilà ! s'exclama Caltéis. Le signal que j'attendais.

Vorcom ne voyait que des repères lumineux, pulsant aux quatre coins de la métropole. Le front inondé de sueur, il retira son décodeur. Une sensation d'étouffement le prit à la gorge.

Le marchand l'encouragea :

— Notre client le plus fidèle sera au rendez-vous… Regardez nos vaillants princes, railla-t-il en englobant d'un geste de la main la douzaine d'hommes en robes aux couleurs chatoyantes qui caquetaient dans la salle, s'invectivaient et s'accusaient mutuellement de telle ou telle erreur de stratégie.

— Je ne doute pas que cette guerre soit perdue pour eux. Ils ont tenté le diable une fois de trop. Les impériaux veulent faire un exemple. Officiellement, ils attaquent les États de Phobia pour arracher l'esclavage qui est une tache dans la belle société ésotérienne prisée par l'impératrice. Mais les vraies raisons sont tout autres. Aucun média interstellaire n'en fera jamais mention. C'est de la politique.

«Je m'en moque, songea Vorcom. L'important, pour moi, c'est de m'échapper de cet enfer… avec un profit substantiel!» Il approuva le bon sens du marchand, mais, déjà, il échafaudait un plan.

— À propos, seigneur Vorcom, c'est une aubaine d'avoir retrouvé la fille de Marsor. Et ce lion blanc, vraiment, je vous félicite!

L'ex-pirate n'avait pas changé d'avis au sujet de la fillette. Les Centauriens lâchés par Marsor n'étaient pas loin : il le sentait jusque dans sa chair. Storine devait mourir, et vite! Il serra les dents de dépit, car s'il avait songé à l'étrangler en la retrouvant dans la cité, il y avait trop de témoins autour pour qu'il puisse maquiller son meurtre en accident.

À bord de la navette non immatriculée du commandor, l'atmosphère était tendue. Solarion, Sériac et Corvéus survolaient les avant-postes impériaux. À dix reprises déjà, Sériac avait dû décliner son identité et ses codes de mission. Installées sur le pourtour de la métropole, les batteries déchargeaient sans répit leurs tonnes de bombes, à tel point que les troupes de choc, cantonnées près de leurs modules d'assaut, semblaient désœuvrées. Sériac évalua la situation en quelques secondes.

— Vous avez l'air contrarié, commandor ! fit remarquer le jeune prince.

— Je doute que Storine ait réussi à franchir les barrages, répondit Sériac.

Il se disait que cette guerre était une vaste mise en scène qui ne trompait que les journalistes interstellaires. Son instinct lui criait que la situation, une fois de plus, n'était pas aussi claire qu'elle le paraissait.

— Je pense au contraire, rétorqua Solarion, que vous la sous-estimez.

Dès que la navette atterrit, Solarion demanda à parler au commandant en chef. Comme le planton faisait mine de le dévisager, le jeune prince se rendit compte que, sans preuve de son identité, clamer son titre ne lui servirait à rien. Serrant les poings d'indignation, il se tourna vers le commandor.

— Vous, ils vous écouteront !

Sériac ordonna au planton d'aller chercher son supérieur. Puis, contre toute logique, il salua le prince et le laissa seul pour suivre le soldat. D'abord surpris par cette attitude peu respectueuse, Solarion se tourna vers Corvéus. Le géant haussa les épaules, grogna, puis feignit de bercer un enfant dans ses bras puissants. Solarion, que la présence du colosse mettait mal à l'aise, reporta son attention sur les rangées de canons laser et sur les canonniers qui, inlassablement, pilonnaient la capitale phobienne.

Il s'approcha d'un groupe de civils blottis contre les machines de guerre. De lourdes vapeurs d'exynium stagnaient au-dessus du camp et faisaient tousser les soldats. Le disque rouge d'Attriana, dont la silhouette était constamment voilée par d'épaisses couches de nuages annonçant une autre tempête de feu, rappela à Solarion les épreuves partagées avec Storine au lac sacré. « Je dois absolument la retrouver », décida-t-il en tendant l'oreille aux propos des journalistes.

Postés devant leurs écrans tridimensionnels, ceux-ci étaient en communication avec leurs relais respectifs, en orbite autour de la planète, et transmettaient leurs reportages en direct.

« De la propagande, songea Solarion. Du sensationnalisme. »

Il pensa à sa grand-mère, l'impératrice, dont l'autorité était sans cesse contestée ; à son rêve de libérer l'empire du fléau que représentait l'esclavage. Elle avait été l'instigatrice de ce coup de force contre les Phobiens. Mais même Solarion, qui n'avait pas encore de formation militaire, pouvait voir que le plan de sa grand-mère, à l'origine propre, net et efficace, avait dégénéré en massacre général. « Comme toutes les guerres… »

« Retranchés dans leurs abris souterrains, les dirigeants phobiens refusent de se rendre, clamait un correspondant de guerre. Leurs civils meurent par milliers, mais ces princes cruels restent sur leurs positions. Certaines rumeurs prétendent qu'ils possèdent une arme terrible, inconnue de nos généraux. Vraiment, la situation se détériore et… »

« Bla-bla-bla », songea Solarion, écœuré. Mais déjà le commandor était de retour, accompagné par un homme de très haute taille : sans doute un des colonels dépêchés sur Phobia par l'amiral Thessala, qui supervisait la manœuvre à partir de la base flottante de Quouandéra.

Le militaire fit un geste las en direction de Solarion.

— C'est le jeune homme en question ?

Le commandor acquiesça.

— Soldats ! aboya le colonel.

Puis, se plantant devant le prince, il déclara :

— Vous êtes en état d'arrestation.

— Pardon ?

L'adolescent fut aussitôt assailli par trois soldats et ficelé comme un saucisson.

— Commandor ! s'exclama Solarion en se rendant compte qu'il avait été trahi.

Il tenta de se débattre, mais on le bâillonna.

Très digne, Sériac salua l'officier.

— Colonel, vous avez rendu un grand service à l'empire, lui dit-il en regardant les soldats embarquer le prince à bord d'une navette militaire en partance pour Quouandéra.

« Désolé, Altesse, murmura-t-il pour lui-même, vous vous expliquerez avec l'amiral et votre cousine… »

21

Séparation

Heureuse d'avoir retrouvé son sac avec *Le Livre de Vina* à l'intérieur, Storine se laissa conduire par un dédale de corridors jusqu'à une pièce obscure, basse de plafond. Éridess lui barra le passage devant une porte grossièrement taillée.

— Elle ne sait pas que tu es revenue, murmura-t-il, comme si un lourd secret se cachait derrière cette porte.

En chemin, ils avaient croisé des centaines de réfugiés : civils des beaux quartiers, serviteurs égarés, soldats épuisés, ainsi que les courtisans des princes phobiens, venus des planètes extérieures avec leurs maîtres. Toute cette humanité était entassée dans les longs couloirs où retentissaient des gémissements, des appels au secours, ainsi que d'incompréhensibles conversations dans une trentaine de langues différentes. Storine supportait mal toutes ces odeurs de corps échauffés. Les parfums capiteux lui donnaient mal à la tête. « Griffo ! » songea-t-elle…

L'adolescente reconnut l'odeur d'Eldride dès qu'elle entra dans la petite chambre. Éridess alluma une lampe. Une lueur de miel éclaira la couche sur laquelle reposait la jeune fille.

Storine voulut la prendre dans ses bras. Au dernier instant, Éridess la retint.

— Elle délire…

Son visage était sombre. Il évitait de la regarder dans les yeux. Storine s'assit au bord du lit et prit la main tremblante d'Eldride dans la sienne.

— Je suis revenue, murmura-t-elle. Je te l'avais promis.

Le visage enflé de son amie baignait dans le clair-obscur. Sa respiration était sifflante.

— Laisse-moi seule avec elle, demanda Storine.

Éridess haussa les épaules et sortit. Les yeux d'Eldride, rouges, luminescents, brillaient doucement.

— Tu en as mis du temps…, haleta-t-elle en esquissant un pauvre sourire, qui découvrit sa dentition féline.

— J'ai été retardée par une tornade et un bon bain, répondit Storine en songeant qu'elle avait vécu tant d'événements depuis leur séparation qu'elle ne savait par où commencer. (Se rappelant sa promesse à Solarion, elle poursuivit à mi-voix :) Je suis revenue pour te sortir de là. Tu n'as pas oublié notre plan ?

— Partir à l'aventure, toi, moi, Griffo…, poursuivit Eldride en étouffant un gémissement de douleur. Je le veux toujours, mais, tu sais, moi et Éri… Enfin, il veut partir avec nous.

Storine fit une grimace. Comme elle n'avait pas le cœur de dire à son amie qu'Éridess se moquait d'elle, elle préféra parler de Solarion.

— On s'enfuit toutes les deux avec Griffo et on le rejoint. Caltéis et son fils, on ne leur doit rien.

Mais Eldride n'écoutait plus. Elle étouffait.

— Va me chercher Éri. Je t'en prie…

Storine lâcha la main de son amie. Elle n'avait aucune confiance dans le fils du vieil esclavagiste. Dans l'air vicié de la cellule, elle sentait l'odeur de la maladie. Elle trouva

Éridess adossé au mur de pierre. Les torches électriques jetaient sur sa silhouette d'adolescent des reflets grotesques. La colère, qui grondait dans le cœur de Storine depuis qu'elle s'était réveillée, éclata soudain:

— Tout cela, c'est à cause de toi! Si tu ne l'avais pas torturée avec ta saleté d'appareil, elle n'en serait pas là!

— Tu te trompes, Sto! Le traceur neuronique est inoffensif. La douleur n'est que psychologique.

— Ne m'appelle pas comme ça!

Elle avait envie de se venger, de lui faire mal, de pleurer.

— Eldride a été blessée par un faisceau laser au côté droit, balbutia le garçon. C'est arrivé pendant qu'on se battait tous les deux. Un des gardes de mon père… (Storine se rappela en effet que plusieurs hommes-robots avaient accompagné Éridess dans la forêt.) Et puis, aussi, je crois qu'elle est allergique à l'exynium. Chez elle, la maladie a progressé très vite, car elle n'a jamais reçu le vaccin universel. Mon père est dans la même situation.

— Tu mens, tu mens!

— J'ai essayé de la soigner, je te le jure!

Épuisés, ils glissèrent au sol. Après plusieurs minutes, durant lesquelles ils écoutèrent le fracas des explosions à la surface et le tumulte à peine feutré des centaines de réfugiés, Storine avoua au garçon qu'Eldride voulait le voir.

— Elle… t'aime, laissa-t-elle tomber, avant qu'il n'entre dans la chambre.

Éridess ne répondit pas.

Perdue dans la contemplation du symbole de l'empire d'Ésotéria – les doubles étoiles Vinor et Vina avec, en leur centre entrecroisé, la lourde tête d'un lion blanc –, la duchesse Anastara sentit dans son dos la présence de celui qu'elle aimait depuis l'enfance. À la lueur des croiseurs spatiaux qui étincelaient par-delà la grande baie vitrée, elle remarqua immédiatement que Solarion était en colère. «Surtout, de la gentillesse, de la douceur», se dit-elle. Solarion n'était pas d'un tempérament sanguin. Ses sautes d'humeur étaient rares, car il avait d'ordinaire bon caractère. Les yeux humides, elle se précipita à sa rencontre, sans s'occuper ni de l'amiral Thessala ni du commandor Sériac.

Solarion la reçut sur sa poitrine. Contre son gré, il enlaça ses épaules. Sa peau exhalait un parfum complexe à base de myrtaline ; une rangée de perles éclairait sa chevelure noire ; sa longue robe de satin mauve, largement ouverte dans le dos et le long des jambes, faisait ressortir l'éclat satiné de sa peau. Solarion se crispa en sentant le corps de la jeune femme se serrer contre le sien.

— Je te retrouve enfin, minauda-t-elle. Grand-mère se faisait tellement de souci ! Franchement, Sol, quelle drôle d'idée de t'enfuir ainsi !

— Je ne suis pas revenu pour parler de ça, la coupa-t-il, mal à l'aise devant les deux officiers. (En fait, il ne voulait pas revenir du tout, mais il se garda bien de le lui avouer.) Messieurs, ajouta-t-il pour les deux hommes, veuillez nous laisser.

Comme ils quêtaient l'assentiment d'Anastara, le prince explosa :

— Sortez !

Il repoussa la grande-duchesse. Anastara avait du mal à reconnaître, dans ce jeune homme de quinze ans à l'air si dur, son gentil cousin romantique, toujours prompt à éviter les conflits. Elle se dirigea vers le bar, leur servit deux verres d'un alcool pétillant.

— Je me trompe, ou cette escapade sur Phobia t'a vraiment plu ?

— Je suis le fils de Vinor, répliqua brutalement Solarion.

— C'est ce que tu as découvert dans le légendaire Marécage de l'Âme ?

Comme il serrait les dents, elle leva les bras au ciel.

— Mais, Sol, je l'ai toujours su ! Personne à la cour n'en a jamais douté… sauf toi !

Il voulait lui dire de ne plus l'appeler « Sol », car, dans sa bouche, son diminutif sonnait faux. Lui jeter à la face que ses deux années de plus ne l'autorisaient pas à le traiter en enfant. Lui répéter que l'impératrice était sa grand-mère à lui, et qu'elle n'était, elle, que la fille d'un bâtard de feu l'ancien empereur Ramaor, mari de l'impératrice. Mais devant son visage si pur, si beau, et ses yeux mauves si profonds, il ravala sa dureté et déclara, en se forçant à être sévère :

— C'est toi qui as ordonné au commandor de me ramener contre ma volonté ?

— Tu es le futur empereur. Phobia n'est pas un endroit pour toi.

— Je décide seul de ce qui est bon pour moi ! rétorqua-t-il en fronçant les sourcils.

Il lui tourna le dos, se dirigea vers la double porte, derrière laquelle deux sentinelles montaient la garde.

— Où vas-tu ? lui demanda-t-elle en lui tendant les bras. Viens ! J'ai traversé la moitié de l'empire pour te revoir…

Il la prit par les épaules, planta ses yeux dans les siens.

— Écoute-moi bien, Anastara. Je vais repartir sur Phobia. Je t'interdis de faire quoi que ce soit pour m'en empêcher. Et garde avec toi ton chien de chasse. Je ne veux plus du commandor Sériac sur mes talons.

Il voulait la blesser. Elle l'avait trop souvent traité en petit garçon. Sachant qu'elle était à bout d'arguments, Anastara le rattrapa. Son visage était blême de rage.

— Qui veux-tu revoir sur Phobia ? Qui as-tu rencontré ?

Elle s'accrochait à sa tunique. Tout en se disant combien elle était intuitive, Solarion décrocha ses doigts, un à un.

— N'y retourne pas, Solarion, je t'en conjure !

La porte glissa derrière le prince. Rentrant ses ongles dans la chair de ses paumes, la grande-duchesse fit appeler le commandor. Quand celui-ci entra, il la trouva dans un tel état d'énervement qu'il eut presque pitié d'elle.

— Ne restez pas bêtement au garde-à-vous ! Son Altesse repart sur la planète. Il faut l'en empêcher à tout prix, vous m'entendez ! Nos hommes ont miné tout l'estuaire de Phobianapolis. Aucun Phobien n'en réchappera. Ce sont les ordres…

Le nom de Marsor, prononcé dans l'étroit corridor de pierre envahi par les réfugiés, attira l'attention de Storine. Qui pouvait bien parler du célèbre pirate en fuite ? Un cortège d'hommes et de femmes, vêtus de couleurs chatoyantes, emplit le couloir en hurlant des ordres et en bousculant les gens. Au passage des trois princes phobiens aux mines inquiètes, un silence pesant s'abattit. Au loin, dans d'autres voûtes, Storine entendait de la musique et des chants. Qui pouvait trouver le courage de s'amuser en un pareil moment ? Elle s'approcha d'un petit groupe de loqueteux.

— Qu'est-ce qu'ils ont dit ?

— Marsor, répondit un vieillard édenté. L'armée phobienne est en déroute. Seule la

puissance de feu du *Grand Centaure* pourrait nous libérer des forces impériales.

Storine sentit l'espoir renaître dans son
cœur. Si son père venait à la rescousse des
princes phobiens, ils se retrouveraient ! Une
voix efféminée et moqueuse murmura à son
oreille :

— Marsor ne viendra pas. Il n'a que faire
d'un ramassis de princes déchus. D'ailleurs,
je suis sûr qu'il a d'autres chats à fouetter :
sauver ce qui reste de sa propre flotte, par
exemple…

Petit et courbé dans son kimono jaune
citron, Caltéis se tenait derrière elle. L'esclavagiste avait maigri depuis leur dernière
rencontre. Mais sa barbiche verdâtre était
toujours aussi finement taillée, et il empestait
encore son eau de toilette aux fleurs sucrées.

— Non, ajouta-t-il à l'attention de Vorcom qui se tenait à ses côtés, personne ne
sauvera les princes. Par contre, restons opti-
mistes. Les impériaux ne donneront pas
l'assaut final. Ils préféreront négocier. (Il fixa
Storine dans les yeux.) Nous avons les esclaves
qu'ils sont venu délivrer.

Un tremblement de terre secoua les catacombes jusqu'à leurs fondations. La musique
et les chants s'arrêtèrent. Les voûtes de roche

répandirent sur leurs têtes une épaisse couche de poussière.

— À moins qu'ils ne soient pas vraiment venus libérer les esclaves, fit remarquer l'ancien pirate, sarcastique.

— Ne soyez pas ridicule, seigneur Vorcom ! En politique, seule l'image de marque compte. Tous les médias interstellaires couvrent cette guerre. Le gouvernement d'Ésotéria a les mains liées.

Puis Caltéis et Vorcom se perdirent dans la foule. Abattue par ces discussions qu'elle ne comprenait pas, Storine revint coller son oreille contre la porte de la cellule. Au loin, la musique avait repris. Le courage de certains réfugiés, qui trouvaient encore la force de se divertir, lui redonna confiance. « La vie est la plus forte, toujours… » N'y tenant plus, elle poussa le loquet. Le visage d'Éridess apparut dans l'embrasure.

— Méfiante comme une peste ! cracha-t-il. Tu croyais quoi ? Que je la brutalisais !

Elle le poussa et se précipita vers la couche de son amie. Storine croyait la trouver en pleurs ; tout au contraire, Eldride souriait et ses joues, balafrées par le venin des typhrouns, étaient brûlantes. Ses pupilles brillaient de fièvre.

— Tu vas mieux ? Éridess t'a soignée ?

— Éridess, répéta Eldride en souriant davantage.

Derrière la porte, des dizaines de réfugiés traînaient leurs souliers en gémissant. La poussière fit éternuer Storine. Son amie lui saisit soudain les mains.

— Tu n'es plus la petite fille que j'ai rencontrée à bord du *Grand Centaure*, haletat-elle. Tu as… changé. Je suis heureuse. Si tu savais comme je suis heureuse !

Un frisson secoua son corps osseux.

— Le vieil esclave avait raison, Sto, avec ses typhrouns dorés. Moi, j'ai connu le bonheur.

— Tu vas guérir, lui répondit Storine en la serrant dans ses bras. Avec Griffo, on va te sortir de là.

— Éri…, gémit l'adolescente avec effort, il est… bon.

— Il viendra avec nous si tu veux.

— Il viendra, répéta Eldride, et ensemble, nous irons dans l'espace.

À la lueur de la torche, Storine vit briller des larmes sur le visage de son amie. Une nouvelle secousse ébranla les murs, faisant gémir encore plus fort les centaines de réfugiés. « Par les cornes du Grand Centaure, qu'ils se taisent ! » supplia Storine en se mordant les lèvres.

— Tu sais, murmura encore Eldride, je mentais quand je te disais que j'avais des parents à retrouver. Je n'ai… personne…

Un vent de panique déferla soudain dans les corridors souterrains. Les tambours et les cymbales s'étaient tus pour de bon. Sous la pression des corps, la porte grinça furieusement. Storine ferma les yeux. Sa tête allait éclater.

— Ce n'est pas vrai. Tu n'es pas toute seule, lui répondit-elle. Allez, viens, il faut partir.

Elle s'arc-bouta pour soulever son amie.

— Allez ! implora-t-elle.

Elle s'aperçut que la main d'Eldride, qui serrait toujours la sienne, était devenue froide comme la pierre.

— Eldride ?

Un fluide glacial se répandit dans son corps. Une main brûlante se posa sur son épaule.

— Éridess !

Comme le garçon ne lui disait pas qu'Eldride dormait, que sa fièvre était tombée, qu'elle allait mieux, l'adolescente se leva d'un bond et le prit à la gorge. Dans sa tête, elle revivait la mort de ses grands-parents, celle de Croa, celle de Griffon. Ses yeux s'assombrirent. Elle sentit déferler dans tout son corps la force des grands lions blancs d'Ectaïr.

— Elle est morte. Elle est morte ! répéta-t-elle, incrédule, en secouant le garçon.

La peur affreuse d'être de nouveau séparée de ceux qu'elle aimait l'envahit. Elle se pencha sur le visage sans vie d'Eldride et l'embrassa.

— Je vais revenir te chercher.

Elle hésita, puis lentement, en se rappelant que Santorin, sur Ectaïr, lui disait souvent au revoir ainsi, elle traça du doigt, sur le front de son amie, le signe de Vinor : la pyramide de l'évolution céleste enfermée dans le cercle de l'univers.

— Que le dieu suprême veille sur toi ! murmura-t-elle.

Elle ajouta pour Éridess :

— Conduis-moi à Griffo. Tout de suite !

22

Dans les catacombes

Tout s'était déroulé sans problème. Ce qui, pensa Solarion, était déjà suspect en soi. Il s'était présenté aux hangars d'urgence et, sans égard pour l'officier de pont, il avait réquisitionné une mini-navette d'abordage. « N'importe laquelle, avait-il déclaré, pourvu qu'elle m'amène sur Phobia. » L'homme s'était mis au garde-à-vous, le regard un peu perdu, comme si on venait tout juste de le prévenir d'un événement extraordinaire.

À bord de l'appareil standard aux ailes de faucon, Solarion avait fait les vérifications d'usage, histoire de s'assurer qu'Anastara ne s'était pas arrangée, par exemple, pour que l'appareil ne puisse pas décoller. « Elle est capable de tout », se dit-il en songeant aux années d'enfance passées aux côtés de cette fille espiègle et étourdissante, trop sûre d'elle, habituée à lui jouer toutes sortes de sales tours, et qui était devenue cette jeune femme de glace, à la beauté parfaite.

Aux commandes de sa mini-navette, il ne songeait qu'à retrouver cette enfant aux cheveux orange qui commandait aux lions blancs, comme dans les prophéties du célèbre devin Étyss Nostruss que sa grand-mère lui lisait le soir avant qu'il ne s'endorme.

Il régla les paramètres de son moniteur de vol et, plongeant dans l'atmosphère tourmentée de Phobia, il se concentra sur ses manettes de contrôle. Pourquoi était-elle partie ? « Une amie à retrouver », lui avait-elle dit. Il revit son visage buté, ses yeux verts très pâles, ses élans de tendresse spontanés, sa façon si tragique de souffrir, la merveilleuse complicité qui l'unissait à Griffo. « Je reviendrai te chercher », lui avait-elle promis. Il se rappela les accents si particuliers de sa petite voix cassée.

Son radar principal se mit à clignoter. Il savait piloter, certes, mais c'était la première fois qu'il s'aventurait hors d'un périmètre de sécurité.

Quand il aperçut les premiers fuselages métalliques, il changea de cap. Des dizaines d'appareils impériaux regagnaient l'espace. Sa radio se mit à grésiller ; le visage de Thessalla apparut sur le plateau holographique.

— Mettez le cap sur le 9-9, secteur bleu, Votre Altesse, lui dit l'amiral, sinon vous risquez la collision.

Surpris que le haut commandant de l'armée ne le supplie pas de rentrer immédiatement, Solarion vérifia les coordonnés du cap qu'on venait de lui transmettre. « Non, se dit-il, je me dirige bien vers Phobianapolis. »

— Pourquoi nos vaisseaux quittent-ils leurs positions, amiral ? demanda le prince.

Mais, à cet instant, l'image s'altéra et Solarion ne put comprendre la réponse de l'officier. Ses écrans de contrôle indiquaient une concentration très élevée d'exynium à l'extérieur, et cela créait d'importantes distorsions magnétiques. En désespoir de cause, il syntonisa la recherche automatique d'un autre canal de transmission, et il tomba sur un poste d'information interstellaire alimenté par les reportages « en direct » des correspondants de guerre.

« Nous quittons la zone des opérations, déclarait le journaliste. Ayant cessé ses bombardements pour des raisons humanitaires,

l'armée a reçu des ordres du haut commandement. L'amiral Thessalla a ordonné ce repli
afin de préparer un éventuel armistice. Les
heures à venir seront décisives, selon les propres termes de l'amiral, car, a-t-il ajouté en
conférence de presse, une arme non identifiée,
en possession des Phobiens, qui refusent toujours toute reddition, risque de faire basculer
l'équilibre fragile des forces. Nous n'avons
aucune nouvelle de la tentative de libération
de nos chers concitoyens retenus en esclavage,
et dont les familles réclament l'affranchisse-
ment…»

«Ridicule!» s'exclama Solarion en ma-
nœuvrant de manière à éviter les cuirassiers
volants qui coupaient sa trajectoire.

Secrètement satisfait qu'aucun correspondant de guerre n'ait fait mention de sa
présence sur Phobia – car cela aurait dé-
clenché un scandale au sein même du sénat
impérial –, Solarion n'arrivait pas à digérer
cette étrange information: depuis quand les
princes phobiens possédaient-ils une arme
secrète si puissante qu'elle poussait le haut
commandement à ordonner un repli des
troupes?

Éridess protégeait Storine du flot des réfugiés.

— Passe-moi ton sac, il te gêne! ordonna le garçon.

Mais Storine s'y accrocha. Les étroits corridors, dont certains n'étaient que de vulgaires goulots de pierre, empestaient la terre humide et l'odeur un peu moisie des plantes souterraines. La foule apeurée, les cris de désespoir, une cymbale abandonnée dans la poussière, cette sensation d'étouffement, les regards vides, ces mains qui poussaient et tiraient, cherchant à fuir les zones sinistrées, les parois fracturées par les bombardements: tout cela rendait Storine folle de rage. Pour ne pas être emportée, elle s'accrocha à Éridess. La voûte de pierre s'élargit. Ils pénétrèrent bientôt dans une caverne où une dizaine d'appareils étaient rassemblés.

«Il n'y aura pas de place pour tout le monde», se dit Storine en voyant les princes phobiens monter à bord de leurs propres vaisseaux. Armées de fusils électroniques, leurs milices repoussaient la cohorte de malheureux. Parmi les cris, Storine saisit des bribes de conversation. C'était sans espoir, disaient les uns. Les impériaux avaient obstrué les issues avec des tonnes de roches, prétendaient les autres. Ils étaient faits comme des rats.

Éridess désigna un coin de l'obscure caverne. Storine reconnut, à demi caché sous un amas de roches éboulées, un des transporteurs terrestres de Caltéis. Une fois à bord, Éridess referma les portes étanches. Abrutie de fatigue, respirant avec délice l'air conditionné produit par les moteurs de l'appareil, l'adolescente s'écroula au sol.

— Par ici, la pressa Éridess en l'aidant à se relever.

Storine ne fut pas longue à reconnaître le dédale de corridors métalliques, recouverts de draperies aux couleurs chatoyantes, qu'elle avait déjà parcouru. Quand ils débouchèrent dans la grande salle contenant les cercueils de verre, elle sentit sa colère se ranimer. Et si Éridess l'attirait dans un piège ! S'il voulait l'enfermer dans un de ces conteneurs ! Un gargouillement humain la fit frissonner malgré l'intense chaleur.

— Qu'est-ce que ce bruit ?

— Reste derrière moi, répondit Éridess en décrochant d'un panneau une carabine extincteur qui projetait de la mousse artificielle.

Elle se figea devant une énorme cage en verre, sur laquelle était branché tout un système de tuyaux et d'électrodes.

— Griffo! s'exclama-t-elle en découvrant son lion enfermé.

L'animal avait cessé de se débattre, mais en la reconnaissant, il fit un bond en avant. Storine ressentit dans ses membres la douleur qu'il se causa en rebondissant contre la paroi vitrée. Elle fit le tour de la cage. Il n'y avait aucune issue.

— Libère-le, ordonna-t-elle.

Un gémissement étouffé lui répondit. Les deux jeunes s'approchèrent à tâtons de l'autre extrémité de la salle et découvrirent, derrière les cercueils empilés les uns sur les autres, un spectacle qui leur coupa le souffle.

Vorcom donnait un ultime coup de pied à une silhouette pitoyable, tordue de douleur sur le sol.

— Mon père! glapit Éridess, la carabine au poing.

— Ah! te voilà, l'infirme! clama Vorcom en lui arrachant l'arme des mains.

D'une bourrade, il envoya l'adolescent rouler sur son père.

— Les meilleures choses ont une fin, «Sérénissime», laissa tomber l'ancien pirate

305

en rassemblant dans un sac une demi-douzaine de petits disques en cristallium.

Vêtu de son pourpoint de cuir qui mettait en évidence une musculature fatiguée, Vorcom portait sur le torse l'écusson de son unité au sein de la flotte des pirates. Storine fut surprise de découvrir qu'il avait appartenu à l'unité des Lions Blancs, les propres gardes du corps de Marsor ! En cet instant où tout s'écroulait autour d'eux, l'ancien pirate semblait avoir retrouvé la fierté d'être un homme libre.

— Je t'ai recueilli… blessé, affamé, traqué…, bredouillait Caltéis.

— Je ne suis pas votre serviteur. Moins encore votre esclave, rétorqua Vorcom en faisant scintiller un disque entre ses doigts.

Le métal translucide jeta des éclats durs sur son visage. Les lèvres en sang, père et fils le regardaient, effrayés.

— Vous êtes un génie, marchand d'esclaves, cracha-t-il. Un génie de la rapine. Ces technologies sur lesquelles vous avez bâti votre fortune, vous les avez volées aux anciens sages de Phobia ! Ce n'est que justice.

— Vous avez une drôle de conception de la justice, laissa tomber Storine.

— Toi ! s'exclama l'homme en la saisissant à la gorge. Tu vas regretter de t'être éloignée de ton cher papa !

Il la souleva de terre en ricanant. Instinctivement, Storine noua ses doigts autour des siens pour lui faire lâcher prise.

— Fille de Marsor ! Ton père est un damné, un vulgaire brigand qui se balancera un jour au bout d'une corde. Je vais te faire ce que ses Centauriens ont fait à mes compagnons.

Storine commençait à manquer d'air. Elle lui donna des coups de pied, sans autre réaction que le rire tonitruant de l'ancien pirate. À demi étranglée, la jeune fille entendit alors dans son âme le rugissement féroce de Griffo, qui ruait de tout son poids contre la vitre de sa cage. Surgie des tréfonds de son esprit, une énergie meurtrière l'inonda tout entière. « Le glortex des fauves… », se dit-elle à l'instant où cette force, remontant le long de sa colonne vertébrale, explosa dans sa tête. Une image apparut devant ses yeux. Celle de Vorcom avec un visage gonflé, des yeux ruisselants de sang. Elle voulait lui faire mal, lui rendre la douleur qu'il avait infligée à Caltéis et à Éridess.

Vorcom lâcha soudain prise… fit deux pas en arrière, laissa tomber son sac. De ses yeux devenus aussi noirs que du charbon, Storine le fixait. Haletant comme s'il manquait d'air, l'homme se tenait maintenant la tête. Dans un ultime geste de haine, il voulut écraser Storine sous son pied, mais il poussa un grand cri. Le visage cramoisi, il tomba sur le dos comme une masse.

Un fracas de verre brisé retentit. Griffo fut auprès de Storine en quelques bonds. Tandis qu'Éridess relevait péniblement son père, celui-ci marmonnait des paroles incompréhensibles.

— Il faut partir, traduisit Éridess. Mon père a une entente avec un de nos clients. Son appareil est capable de se frayer un chemin dans le roc. C'est notre unique chance de nous enfuir avant que tout ne s'effondre.

Storine rajusta son sac en bandoulière. Elle n'était pas certaine de comprendre ce qui venait de se passer. Surmontant son immense fatigue, elle eut suffisamment de présence d'esprit pour exiger :

— Je ne pars pas sans eux.

— Quoi ?

— Eux ! répéta-t-elle en désignant les cercueils des esclaves endormis.

— Tu es folle ?

— Libère-les, ou je ne viens pas.

Ils se mesurèrent du regard. Caltéis remit à son fils une petite commande qu'Éridess actionna. Les couvercles des cercueils vitrés pivotèrent, libérant le gaz qui maintenait leurs occupants dans un état comateux. Fixé à chaque cercueil, un dispositif en forme de seringue s'actionna et piqua les esclaves au bras. Presque aussitôt, ceux-ci commencèrent à reprendre connaissance. Storine courut vers Lâane, cette adolescente si jolie à la peau bleue, dont le courage l'avait impressionné dans le château de lave.

Vorcom gisait sur le dos, mort ; son crâne baignait dans une mare de sang. S'appuyant sur son fils, Caltéis ramassa le sac échappé des mains du pirate. Puis ils sortirent tous du transporteur et se mêlèrent à la foule. Trop heureuse d'avoir pu faire quelque chose pour Lâane, Storine ne vit pas le regard effrayé que lui lança Caltéis. Dans la cohue, personne ne fit attention à la douzaine d'esclaves hébétés qui les accompagnaient.

— Suivez la corniche, balbutia Caltéis. Il y a un escalier dérobé. Il nous conduira à la navette…

L'instant d'après, il trébucha.

— Pars, mon fils…

— Accroche-toi, père, lui répondit Éridess en le tirant par les bras.

Storine plaqua soudain un homme contre la paroi de pierre.

— Qu'est-ce que vous avez dit? lui demanda-t-elle, les yeux agrandis de surprise, tandis que grondaient au-dessus d'eux les plaques de roche qui s'effondraient les unes sur les autres.

L'homme en question était un soldat, dont l'uniforme impérial était taché de poussière. Il semblait hagard. «Un prisonnier oublié», songea Storine en répétant sa question.

— Un garçon blond… Il parlait d'une fille aux cheveux orange et d'un lion blanc…, haleta le soldat, épuisé.

— Solarion! Il est là? Vous l'avez vu? Où est-il?

Le soldat perdit connaissance.

Le cœur de Storine battait à tout rompre. Solarion avait dû quitter l'avant-poste médical pour partir à sa recherche. Prise de panique à l'idée qu'il puisse se trouver quelque part dans les catacombes ou bien à l'extérieur des souterrains, elle en oublia Eldride qu'elle s'était juré d'aller chercher. Elle se hissa sur la croupe de Griffo.

— Où vas-tu ? hurla Éridess. Tu es folle ! Reviens !

Sans l'écouter, elle donna un coup de talon dans les flancs du lion et se fraya un chemin dans la foule.

23

Le dernier soleil

Concentré sur son point radar, Solarion maintenait son appareil à basse altitude afin de s'exposer le moins possible aux vents puissants qui secouaient les montagnes et déferlaient en longs rubans de poussière sur la métropole dévastée. Égarés dans leurs propres rues, de nombreux citoyens de Phobianapolis titubaient sous les bourrasques.

Comme tout échange de feu semblait avoir cessé, Solarion espérait que les princes phobiens avaient enfin rendu les armes. Peut-être pourrait-il les rencontrer et servir de médiateur officiel afin de trouver une issue pacifique au conflit ! « Mais d'abord, ajouta-t-il, il faut retrouver Storine et Griffo. »

Sa plaque holographique se mit à clignoter. Retraçant l'origine de l'appel, le jeune homme s'aperçut qu'il venait de Quouandéra. Croyant parler à l'amiral – il avait des précisions à lui demander quant aux raisons du retrait des forces impériales –, il fut étonné de voir Anastara.

— Solarion, pour l'amour de moi, reviens ! Tu ne te rends pas compte du danger auquel tu t'exposes.

— Laisse-moi parler à l'amiral, répliqua Solarion, exaspéré, le cœur serré malgré lui en voyant le joli minois chiffonné de larmes.

— Il parle avec mon père.

Védros Cyprion, grand conseiller impérial, était le fils adultérin de feu l'empereur Ramaor. Solarion n'eut aucun mal à deviner que cet homme était à l'origine de la désastreuse campagne de Phobia.

— Le repli des troupes, c'est une idée de ton père, Anastara ? demanda Solarion sans quitter des yeux son écran radar.

— La situation commandait une décision immédiate.

L'adolescent fit claquer sa langue de dépit. Depuis toujours, Anastara ne répondait jamais franchement à ses questions.

— Qu'est-ce que c'est que cette histoire d'arme inconnue aux mains des Phobiens ?

— Reviens tout de suite !

— Pourquoi tant de hâte ? Je sais que je ne crains rien.

— Fou que tu es ! explosa la jeune femme, ses yeux mauves jetant des éclairs. Toute la région de Phobianapolis est sur le point d'être soufflée par une explosion atomique.

Les mains de Solarion se crispèrent sur les commandes.

— Mais… pourquoi ?

Ce fut au tour d'Anastara de se laisser aller à un accès de colère.

— Tu ne comprends donc jamais rien ! Cette guerre doit s'arrêter là, tu saisis ?

En un éclair, Solarion rassembla les pièces du puzzle. Cette histoire d'arme inconnue aux mains des princes phobiens était un mensonge éhonté. Tout allait exploser. Il n'y aurait donc pas de longues négociations durant lesquelles les médias interstellaires critique-raient les décisions du gouvernement. Il ne resterait plus aucun témoin.

— Mais… pour négocier un armistice, il nous faut les princes. Et les esclaves à libérer ?

— Le haut commandement a décidé de faire croire aux populations que les princes phobiens possèdent une arme terrible et qu'ils sont prêts à s'en servir contre nous. En tentant de nous détruire, ils feront une erreur de manipulation. Ils sauteront, et les esclaves aussi.

— Et je parie que ce sont nos propres soldats qui auront installé ces bombes ! Mais… c'est une atrocité !

— Non, c'est de la politique, corrigea la grande-duchesse. Rentre, maintenant.

— Assez ! s'exclama le prince. Je ne suis plus un enfant ! Je suis le fils de Vinor et le futur empereur. Je ne laisserai pas se produire une telle abomination. Je t'ordonne d'annuler toute l'opération.

Anastara éclata de rire.

— Tu es fou. C'est impossible !

— Tu auras ma mort sur la conscience, Anastara. Toi et ton père…

Le visage de la jeune femme devint soudain très pâle.

— Je ne peux rien faire, déclara-t-elle. Le compte à rebours est déjà enclenché.

— Alors, adieu.

Abandonnant toute civilité, Anastara s'écria, la haine dans les yeux :

— Tu ne la retrouveras pas.

— Adieu, répéta Solarion avant de couper la communication.

Puis il murmura pour lui-même :
« C'est ce qu'on va voir… »

Storine cligna des yeux. Le disque rouge grenat d'Attriana la géante flottait dans le ciel empoussiéré. Que de poèmes romantiques l'astre aurait-il pu inspirer ! Au loin grondait une violente tempête de feu. Ses éclairs zébraient les nuages d'exynium. Storine sentait que Solarion n'était pas loin. Mais où était-il exactement ? Dans le ciel, quelques vaisseaux phobiens tentaient de s'échapper. D'autres appareils leur tiraient dessus. À très haute altitude, des explosions maquillaient le disque stellaire de reflets bleutés. S'accrochant à la crinière de Griffo, Storine lui fouetta les flancs de ses talons.

De temps en temps, la terre tremblait. Un immeuble ou un pan de mur encore debout s'écroulait. Une crevasse s'ouvrait en pleine rue et crachait des langues de feu hautes de plusieurs dizaines de mètres. Des rescapés furent engloutis sous un torrent de lave déferlante juste sous leurs yeux. Bondissant de ruine en ruine, Griffo filait au hasard, répondant à la moindre volonté de la jeune fille. Il entendait le rythme saccadé de sa respiration. Il sentait battre son cœur, le sang couler dans ses veines. Sa maîtresse avait peur, et cette peur se communiquait au lion blanc. Soudain, un appareil frappé de l'écusson impérial passa au-dessus de leurs têtes.

« Là ! » s'exclama Solarion.

Il poussa un commutateur. Un porte-voix électronique sortit du flanc de la mini-navette.

— Storine ! s'écria le prince.

La jeune fille s'arrêta net. L'appareil fit un second passage.

— Je vais me poser, lui dit encore Solarion.

— Votre Altesse !

Sortant de sa radio, la voix du commandor Sériac lui fit l'effet d'une douche froide. « Sauvez le prince, coûte que coûte », lui avait ordonné la grande-duchesse. Devant ses yeux, le voyant digital sur lequel défilait le compte à rebours clignotait. Les nombreuses mines atomiques, placées sous l'estuaire de Phobianapolis par un commando spécial de l'armée, allaient exploser dans quelques minutes. Sériac évalua la situation. Il n'avait plus le temps d'atterrir, de récupérer Storine – elle lui résisterait sûrement ! –, puis de remorquer l'appareil du prince. Il devait choisir.

Il ouvrit le feu sur l'appareil du prince. La torpille se figea dans le blindage à la hauteur du cockpit, libérant un gaz anesthésiant.

Solarion s'aperçut du subterfuge et retint sa respiration tout en poursuivant ses manœuvres d'approche. Mais le gaz s'insinuait dans son corps par les pores de sa peau. La vue troublée, les membres lourds, il supplia le commandor :

— Ne faites pas ça. Storine…

Avant de sombrer dans l'inconscience, il se revit dans le Marécage de l'Âme où son père céleste, le dieu Vinor, lui avait révélé sa destinée. Il allait devenir un grand empereur. Une femme, l'Élue de Vinor, celle annoncée par les prophéties d'Étyss Nostruss, allait jouer un rôle important dans sa vie. Une femme aux cheveux orange…

Corvéus pleurait. Pour lui. Pour son maître qui n'avait pas le droit de pleurer. Le commandor ajusta son tir, puis il enveloppa l'appareil du prince avec son rayon tracteur. Quand les premières explosions secouèrent la métropole, il activa ses manettes de contrôle. La dernière image de Phobianapolis s'imprima dans sa mémoire. L'enfer se déchaîna : des tonnes de gravats explosèrent, des tourbillons mugissants envahirent le paysage avec, au milieu de ce cataclysme, une tache blanche : Griffo surmonté d'une chevelure orange qui flottait au vent.

Puis le nuage de l'explosion atomique propulsa son appareil dans la haute atmosphère…

24

Vers de
nouveaux horizons

La déflagration détruisit tout sur son passage. Hurlé par des milliers de poitrines, un cri unique de surprise et de frayeur retentit, aussitôt balayé par le champignon monstrueux.

Incrédule, Storine croyait rêver. Autour d'elle et de Griffo, frappés de plein fouet par l'explosion atomique, les rescapés s'enflammaient comme des torches, tandis que la terre éventrée laissait échapper des bouillons de lave. Enveloppés d'un halo énergétique, la jeune fille et son lion étaient soulevés au-dessus des fleuves incandescents. Il sembla à Storine que le temps s'écoulait au ralenti. Comment pouvaient-ils être ainsi protégés alors que tous les autres mouraient dans d'atroces souffrances ?

Soudain, elle comprit. Dans les tourbillons de flammes, un visage énorme prenait forme rien que pour ses yeux. À sa chevelure vibrante de lumière, à ses yeux arc-en-ciel, elle reconnut le grand prêtre du lac sacré d'Éphronia. Comment et pourquoi cet être de lumière l'aidait-il ? En arrière-fond sonore, elle entendait les sages entonner leur prière sacrée : « *Mâatos Siné Ouvouré Kosinar-tari* », ou quelque chose comme ça. Emportés par une énergie bienfaisante, Storine et Griffo voyagèrent dans cet amour infini, le cœur tranquille, étrangement apaisés, tandis qu'une voix, qu'elle identifia comme étant celle de Marsor le pirate, lui répétait qu'elle n'avait rien à craindre, que tout était pour le mieux, qu'elle ne mourrait pas.

Après un temps qui sembla durer une éternité, le souffle mystérieux sur lequel ils voyageaient les entraîna très haut dans l'exosphère de la planète. Dans l'espace, Storine aperçut un merveilleux navire spatial aux voiles solaires d'or. Était-ce le vaisseau des anciens dieux de Phobia ? Quand elle se rendit compte que leur trajectoire allait percuter celle du vaisseau, elle poussa un grand cri.

Puis, ayant la nette impression qu'elle s'enfonçait dans la coque du navire comme dans du beurre, elle s'évanouit.

Storine sentit un frisson la parcourir. Des voix chuchotaient près d'elle sans qu'elle puisse ouvrir les yeux.

— Laissez-la dormir.

— Il s'en est fallu d'un dixième de seconde.

— Mais comment est-elle montée à bord ?

— Prenez garde au fauve…

— C'est extraordinaire !

— Elle est forte, elle vivra.

— Vraiment, je ne comprends pas.

Une main chaude se posa sur son front.

— Tu es à moi, murmura la voix d'Éridess à son oreille. Rien qu'à moi.

Storine voulut répondre qu'elle n'appartenait à personne, qu'elle était libre. Mais elle se sentait si fatiguée qu'elle s'abandonna au sommeil. Rêvait-elle ? Était-elle en route pour un voyage fantastique ? La main puissante du grand prêtre d'Éphronia la guidait vers une lumière si douce et si belle qu'elle se laissa emporter sans aucune résistance…

Lisez la suite dans le volume trois :

STORINE,
L'ORPHELINE DES ÉTOILES
III
Le maître des frayeurs

L'*Érauliane*, le grand vaisseau aux voiles d'or, emporte Storine loin de la planète Phobia. Mais Ekal Doum l'armateur, un homme d'affaires excentrique, est-il honnête quand il prétend vouloir conduire Storine et Griffo sur Paradius où elle doit retrouver Marsor le pirate ?

Pourchassée par l'armée impériale, Storine accepte de suivre Doum jusqu'à sur la lointaine planète Yrex, dans une ville où soufflent les vents qui rendent fou. La force de son glortex, qu'elle devra apprendre à maîtriser, sera-t-elle suffisante pour vaincre le maître des frayeurs qui a pris l'âme de Griffo en otage ?

Publication prévue :
Mai 2004

Également dans le volume trois :

• Rencontrez des Centauriens.
• Découvrez ce qu'est la *translucidation*.
• Faites du surf mental avec Storine.

Écrivez à l'auteur : <u>storine@sprint.ca</u>

Index des personnages principaux

Anastara*: Grande-duchesse impériale.

Caltéis*: Marchand d'esclaves.

Corvéus: Complice et serviteur de Sériac.

Eldride: Adolescente, amie de Storine.

Érakos: D'après la légende, frère du premier empereur d'Ésotéria, Grand Unificateur des peuples, mandaté par le dieu Vinor.

Éridess*: Fils de Caltéis, adolescent.

Griffo: Jeune lion blanc, compagnon de Storine.

Marsor: Célèbre pirate, père adoptif de Storine.

Lâane*: Jeune fille devenue esclave de Caltéis.

Priax*: Serviteur de Solarion.

Sériac: Commandor de l'armée impériale, lancé à la poursuite de Storine.

Solarion*: Jeune homme énigmatique à la recherche du légendaire Marécage de l'Âme.

Storine: Notre héroïne.

Thessala: Amiral de la flotte impériale.

Vorcom*: Rebelle en fuite, ex-pirate de la flotte de Marsor.

---

* Nouveaux personnages.

Glossaire

Arracheur d'âmes : Technologie découverte par Caltéis, permettant la mise en sommeil artificielle prolongée d'un être humain.

Attriana : Étoile géante de couleur rouge, astre de vie du système planétaire de Phobia.

Ceinture atmosphérique : Ceinture produisant un champ de force réglable utilisé comme bouclier protecteur par les soldats impériaux.

Château de lave : Base d'opérations de Caltéis le marchand.

Drognard : Sorte de rat géant à la bave venimeuse, qui hante les forêts de la planète Phobia.

Éphronia : Cité légendaire, capitale d'un empire phobien depuis longtemps disparu.

Le Livre de Vina : Manuscrit très rare, renfermant les secrets de la déesse Vina, femme du dieu Vinor.

Marécage de l'Âme : Bassin légendaire dans lequel l'initié reçoit de la déesse Vina la révélation de sa destinée.

Phobia : Planète mère des États de Phobia, au passé légendaire, où se pratique l'esclavage interstellaire.

Phobianapolis : Capitale actuelle de la planète, centre interstellaire du trafic d'esclaves.

Phrygiss : Village portuaire sous l'autorité de Caltéis.

Prière sacrée : *Manourah Atis Kamarh-Ta Ouvouré.* Première formule de Vina dont la vertu essentielle est, selon certains exégètes, soit d'attirer la protection de la déesse, soit de rentrer en contact avec son Esprit.

Quouandéra : Base astéroïde flottante, siège de l'armée impériale.

Traceur neuronique : Implant artificiel contrôlant à distance le système nerveux d'un prisonnier.

Typhrouns : Papillons géants à face de serpent, crachant un venin mortel.

Vina : Étoile jumelle de Vinor, un des deux soleils du système planètaire mère d'Ésotéria, mais aussi femme du dieu Vinor dans la mythologie ésotérienne.

TABLE DES MATIÈRES

Fredrick D'Anterny

Né à Nice, en France, Fredrick D'Anterny a vécu sa jeunesse sous le soleil de Provence. Amateur de grandes séries de dessins animés japonais, il arrive au Québec à l'âge de dix-sept ans. Peu après, pour échapper à l'ennui de ses premiers boulots d'étudiant, il crée le personnage de Storine. Dès lors, il peut s'enfuir en imagination dans les immenses espaces galactiques, aux côtés de son héroïne. Aujourd'hui, Fredrick travaille dans le monde du livre comme représentant. Il publie des livres pour adultes et écrit également des scénarios. *Storine, l'orpheline des étoiles* est sa première série pour la jeunesse.

COLLECTION CHACAL